文春文庫

浮遊霊ブラジル

津村記久子

文藝春秋

目次

浮遊霊ブラジル

給水塔と亀

寺の門を出ると同時に、前の建物から漂ってくる濃い水蒸気が喉に詰まった。私は、それが何由来のものかを知っている。うどんである。私の両親を弔っている寺の前には、うどんの製麵所があるのだった。

水蒸気の向こうの木造の壁には、求人の貼り紙がある。経験不問、はいいのだが、六十七歳ぐらいまで、という妙な年齢制限が気になる。何かが動く気配がしたので、下を向くと、湯気の立つ道路の側溝を、一筋のうどんが流れてゆく。以前はもっとたくさんのうどんが流れていたような気がする。確信犯的廃棄なのか、うっかりなのかわからないけれども、無駄になるうどんは年月とともに減ったということなのだろう。

寺と製麵所を隔てる細い道は、私の通学路だった。小学生だった時にそうだったので、もう数十年も前のことになる。母親が亡くなってから、この周辺には完全に身寄りも途絶えて、数年に一度菩提寺を訪れるぐらいになっていたのだが、そのたびに、製麵所がなくなっていないことに驚く。

ただ、規模は縮小したような気がするな、と私は考えながら、足の向くままに歩き始める。小学生だった時のことを思い出したので、単純に小学校に行ってみるつもりだった。寺を出たのが正午だったので、まだ、部屋への家具などの到着には時間がある。

頼るものは特にないのだが、故郷に帰ることにした。きっかけは、元同僚が、私の生まれ育った場所の近くに信頼できる良い物件などは知らないか、と問い合わせてきたことだった。どうやら娘さんが自然農に興味があるとのことで、物件のことは知らないが、何か協力できれば、とインターネットの不動産情報サイトで調べたところ、このあたりの部屋の家賃が、私が住んでいるところの半分以下であることが判明した。結局、その娘さんは、自然農どころか、今はひきこもってるそうなのだが、頭から、そうか半額で暮らせるのか、ということが離れず、そのままなんとなく引越しを決めた。定年を迎えて無職になった男の一人暮らしは身軽だ。

寺から小学校のあったところへと向かう、車が一台しか通れないぐらいの狭い道沿いの家の表札には、かすかに記憶のある同級生の名前をいくつか発見できたのだが、この周辺にやたらある名字なので、別人である可能性のほうが高い。親戚もいないが、知り合いもまた皆無と言っていいだろう。

道は静まり返っている。私が暮らしていた都会は、鳥の姿はあっても、鳴き声は車が行き交う音にかき消されていたのに、私の故郷の道には、私の足音と、雀やどこかの家で飼われている鳥の声だけが響いている。

　通学路のどの道かを曲がれば、両親がときどき祝い事の時などに出前を取っていた寿司屋があるのではないか、ということを不意に思い付いたものの、訪ねていってもおそらくは迷ってしまうので、諦めて知っている道を歩くことにする。あの寿司屋は、四十年以上の月日に耐えられているのだろうか。誰かに受け継がれていればおそらくは。

　小学校はまだあった。もちろん、私が知っている木造の建物ではなく、コンクリートの造りのものに建て替えられていたが、建物そのもののレイアウトは似ている。今の佇まいも、建て替えからかなり年月がたっているのか、だいぶ古びている。校門と玄関ホールの間には、小さい小屋のようなものがあって、地域住民見守り隊、という札が掛けられている。子供も孫もいないけれど、私も入れないか、と思う。

　小学校に関しては、ただ見に行ったという以上の感慨はなかったが、校門の斜め前の小道の向こうに海が見えることを発見して、私は小さく息を呑んだ。私が帰り道に覗き込んでいたのと同じ道で、同じ海だった。

　しばらく、交差点の真ん中に立って、道の先の海を眺めていた。やがて、小学校の向こうからやってきた車に派手にクラクションを鳴らされ、私は我に返って、もと来た道を戻り始めた。

　小さな私鉄の駅まで戻ると、周辺にほとんど何もないことがぼんやりと不安になる。

コンビニが一軒あるだけで、この辺の人はどうやって暮らしているのだろう、と自分も住んでいたくせに疑問に思う。とりあえず、どのぐらい頼れるのかを知りたく思い、店に入って通路を往来する。田舎だから物がない、ということはなく、普通の品揃えのコンビニで、少しほっとした。雑誌もそこそこだし、廉価版のＤＶＤも売っている。このへんに引っ越してきたのですが、このお店にない本とか工具を買うにはどこに行ったらいいでしょうか？　とひっつめの髪に大きな眼鏡を掛けたレジの女性に訊くと、国道沿いに出たら、チェーンの大きな本屋もあるし、ホームセンターとスーパーもあります、と丁寧に答えてくれた。

私は、自分が住む予定のアパートの位置を頭の中で描きながら、国道沿いからでも辿《たど》り着けることを思い出して、そちらのほうに出てみることに決めた。

店員の女性が言っていたとおり、四車線の道に沿って、すべての建物が低くて小さいこの周辺には不似合いな、大きな豆腐のような形の本屋と、くすんだ青色に塗られた長方形の二階建てのホームセンターと、横に広そうな平屋のスーパーマーケットがあった。隣接しているスーパーマーケットとホームセンターは、敷地を融通し合っているのか駐車場が同じで、その隅っこに、食べ放題の焼肉屋とファーストフード店が併設されている。

それ以外は何もないと言ってよい。交通のまばらな国道沿いには、畑や民家のほかに、シロアリ駆除業者の大きな看板、電話金融の大きな看板、分譲マンションの大きな看板、と、とにかく大きな看板が目立つ。それだけ空間が余っているのだ。シロアリ出たっけなうちの家？　と首を捻《ひね》りながら、国道沿いを歩き、一度スマートフォンで地図を見直して、アパートのある海側に続く道を下る。駅から少し離れてきたからか、更に畑が目立ち始める。私が以前住んでいた時ほどではないが、まだその半分ほどは残っていることに少し驚く。

国道に面したたまねぎ畑を通り過ぎ、海側に降りる斜面の途中に建っている二階建てのアパートの一階を目指す。家賃だけで決めるのであれば、どこでも選び放題だったのだが、自分の昔の家がそこの近くにあったから、というだけの理由で、私はそこと契約した。しかし、部屋に到着しても、思ったより記憶の中の風景と今のそれが合致せず、首を捻りながら、不動産屋からもらった鍵を鍵穴に入れる。

給水塔があったのだ。どこかは思い出せない。畑の中だったか、誰かの家の敷地の中だったか。私は、白群《びゃくぐん》というのか、瓶覗《かめのぞき》というのか、美しい水色に塗装された、小学校よりも背の高いその威容に惹かれて、友達と遊ぶ合間に、彼らの目を盗んでいつも見上げていた。というか、給水塔だというのは、大人になってから知った。私は、ああいうものを建てたい、と漠然と思って、水周り関連に強いという建設会社に入社した。

ドアを開けて中に入ろうとすると、ちょっと、と誰かが背後から声を掛けてきた。管理人ですが、と機嫌の悪そうな顔付きの、私よりは少し年下と思われる中年の女性が、アパート専用のガレージのほうを指差して、荷物が来てるんですよ、なんとかしてください、と続けた。奥行きはさほどではないが、縦にも横にも大きなダンボールが置かれていて、そこに印刷してある社名に、私は少しどきりとしながら、そちらのほうへと急いだ。

通販で頼んでいたクロスバイクが早く来てしまったようだ。配送業者を追い返すこともできたのだが、こんな大きなもの持って帰りたくない、と泣きつかれ、知り合いの業者だったこともあり、管理人は代理で荷物を受け取ることにした、と私に話した。田舎だ、と私は漠然とした感想を抱く。配送業者が知り合いだと。

早く開封してください、と言われたので、私が、じゃあカッターナイフとか貸してください、と愚鈍に言い返すと、ぶつぶつ言いながら管理人は部屋に戻り、これでいいんでしょ、と顔用の剃刀を出してきた。

平たくて大きいダンボールは、巨大な銅製の針で梱包されていて、ただ開けるというだけでも苦労した。これ何よ？　と管理人が訊いてきたので、私は、自転車です、と答えた。何でそんなもの通販するのよ、と管理人は言いながら、剝いたダンボールの上にのっかって、二つに折りたたんでいた。それでも到底、小さくなったとは言えず、私は、剃刀でダンボールに切れ目を入れ、更に無理やり折りたたんだ。

部下がスポーツバイクを始めたというので、欲しいと思ったんですよ。とても楽しいらしい。

退職の時の送別会での会話を思い出す。四十過ぎの彼は、高脂血症と診断されて、運動をすることにしたそうだ。

あんた変わってるわ、と管理人は首を振りながら、自転車を包んでいたプチプチの梱包材を引き寄せて、ぐるぐると丸める。前の住人さんもちょっと変だった、あんたと同じように独り者でね。

管理人は、根は世話好きなのか、それとも単に暇なのか、自転車を保護している無数の梱包材を引っぺがしている私の横に立って話を続ける。

おばあさんだった。のよさんっていうのよ、女の名前の最後に付く乃と代で乃代。名前も変わってる。ずっと好きだった年上の幼馴染が戦争に行って帰ってこなかったんで、結婚はしなかったんだって。保険の外交で働いて、営業所の所長とかにまでなったんじゃないかな。

乃代さんは、退職後、ここに移ってきて、スーパーの中にある衣服修理のスペースで働いていたのだという。このアパートの部屋で心不全で亡くなる前日まで。管理人は、この人孤独死しそう、とうさんくさく思っていたのだが、先にその死を発見したのは、修理スペースの同僚の若い女性だった。

私が職場に何も言わずに来なくなったら、一度見に来てもらえますか？　と乃代さんは常々言っていたらしい。だから欠勤の連絡は必ず行い、緊急連絡用に携帯の扱いにも通じていた。電話をして返事がなかったから来ただけ、と同僚の女性は肩をすくめていたという。

遺言もわかりやすいところにあったし、私物の処分もスムーズだった、財産は、半分が他県に住んでる遠縁の親族、半分は最も近い児童養護施設に寄付してくれって。

管理人は、そこまでしゃべっていいのかということまで話すのだが、すでに亡くなった身寄りのない人のことだし、いいと見做しているのだろう、と私は考えた。前の住人が部屋で亡くなったということは、私も不動産屋との話ですでに了承済みである。彼女は、私のこともそうやって誰かに話すのだろう。私に何かあったら。まあ良い。

ただ、亀なんか飼っててさ、これが困って。死ぬ二か月前とかに飼い始めちゃったから、遺言にもなくて。あたしの部屋にいるんだけど、見ていく？

管理人はそう言うけれども、私は、これから他の家具の到着もあるし、その後はクロスバイクに乗りたかったので、また今度にします、と答えた。

最後に知りたいんだけど、と管理人は腕を組んで、私のほうを見る。

乃代さんといいあんたといい、どうして一人でいられるの？

管理人の左手の薬指には、ちゃんと指輪がはまっていることを確認して、私はとりあえず首を傾げてみる。

忙しかったんです、と答える。忙しくたってみんな独り者じゃないけど？　と管理人が言ったので、忙しくて不器用だったんです、と私は言い残して、山ほどのダンボールと梱包材を抱えて部屋に入った。

ごみを台所の隅に追いやりながら、私は、めったに思い出さない自分の足跡の記憶を辿り、しかしやっぱりすぐにやめた。二十八歳のときに上司に紹介された同い年の女性は、私のことをぼんやりしすぎていると言った。三十七歳で結婚しようとした五つ下の女性は、実は私が不倫相手だったと判明し、最後にはモラルハラスメントをする旦那のところに戻っていった。四十五歳の時に知り合った十歳下の女性は、出産のリスクを気にして破談を申し出た。仕事では、既婚者の代わりに日本の各地に飛ばされ、ときどきはその土地の女性と仲良くなりもしたが、だいたい話が進みそうになる時分に呼び戻された。

いつまでも気楽でいたいと思っていたわけではない。けれど、いろいろなこととの間が悪くて、私も積極的になれなかった。後悔はしている。人間が家族や子供を必要とするのは、義務がなければあまりに人生を長く平たく感じるからだ。その単純さにやがて耐えられなくなるからだ。

というような考えは、引越し業者の到着とともに雲散霧消してしまった。前の部屋から運んでもらった家具は、冷蔵庫と洗濯機と布団と、椅子が一脚、衣装ケースが二つだけで、他のものについては通販で買う予定でいる。業者の中でいちばん若いと思われる男が、海、見えますよね、たぶんあそこから、と雨戸を閉め切った奥の部屋のベランダに面した窓を指差す。そうなんですか、と私がほうけたように返事をする頃合には、業者は玄関で靴を履き終わっていた。

私は、家具や海のことはさておいて、再びガレージに出て、置きっぱなしのクロスバイクを調整することにした。説明書の入っている袋には、六角レンチが同梱されていて、それで、梱包のために横を向いて調整されているハンドル部分を正面に戻したり、サドルを調整したりするらしい。私は、自転車の左側に立って、片目を閉じたり、何度かまばたきをしたり、体を傾けたりしながら、自転車のハンドルの向きを調整した。取扱説明書によると、私が六角レンチを使って調整した、ハンドルとフレームをつなぐ部分は『ステム』というらしい。一つ学習した。

部屋にリュックを取りに行き、中に財布と、通販で一緒に買った新品のチェーン錠を入れて、クロスバイクで出発する。クロスバイクは、いつも乗っていたシティサイクルに比べて、『ステム』とサドルが刺さっている部分をつなぐフレーム（『トップチューブ』というらしい）が高くて、そこをまたいでサドルに座るのにすら難儀したが、そうだ、ペダルに足を掛けてから座ればよいのだ、ということに気付き、そこからはややよろよろしながらも快適に走り始めた。

ビール、ビール、と思う。体が少し軽くなったような気がする。車を運転している時より、速さが直接皮膚感覚に触れてくる感じだ。

国道沿いの畑の隅に建っている小さなあずま屋の下に、無人の漬け物売り場があったので、ついつい寄って、水茄子の漬け物とたくあんを買う。代金は、売り場の傍《かたわ》らに置いてあった小さな四角い木の箱に入れるらしい。

ますます、ビール、ビール、という気分でスーパーに向かう。自転車置き場の駐輪はまばらで、私は、隅に置いてある異様にごつい青色のマウンテンバイクを眺めているうちに、なんとなくその隣に停めてしまう。私の自転車も青いのだが、そのマウンテンバイクと比べると、まるっこい白抜きのメーカーのロゴのせいか、まったく少年の乗り物に見える。

私は、ビール、ビール、と本当にビールのことしか考えられなくなっていたらしく、入ってすぐにあった酒類の売り場に寄って、よく冷えた琥珀《こはく》ヱビス六缶セットを会計するだけで、スーパーを出てきてしまった。

何か忘れている、と首を捻りながら、しかし最近はもう、思い出せないことに自己嫌悪を感じなくなってきていたので、また思い出したら買いに来ればいい、と自転車のところに戻る。予想より本格的な格好——黒いヘルメットを被り、黒いサングラスをして、黒いサイクルジャージを着ている——をしたマウンテンバイクの持ち主が、黙々とチェーンその他を外しているところに遭遇する。すごいな、と思いながら見ていると、小柄ながら引き締まった体つきの、黒尽くめの彼が顔を上げる。私よりおそらく年上の、おじいさんと言っていい年齢の男性だった。白髪交じりの長髪を首のところで縛っている上に、サングラスをしているから怖い。

じろじろ見て申し訳ない、と思いながら目をそらすと、いいバイクですね！　と男性が声を掛けてきた。私は驚いて、いやいやそちらこそ、私のなんて通販で買った五万しないクロスバイクですし、と男性のマウンテンバイクを示しながら恐縮する。

この辺はクロスが向いてますよ。けっこう道が悪いし。

男性には少し訛りがある。九州のほうのだと思う。それが、非常に本格的な佇《たたず》まいの印象をかなり和らげる。

はじめはロードバイクにしようと思ったんですけど、まずはこれに一年乗って考えようかと……。

私もロードに乗ってたんですけどね、意外とここいらはでこぼこしててパンクばかりで。それでこれに乗り換えたんだけど、今度はリアハブが重くて疲れます。

はあ。

リアハブ？　とは？　家に帰って調べなければいけない。

それじゃあ、と男性は手を上げて、颯爽《さっそう》と駐輪場を後にしていった。私は、彼がスーパーとホームセンター共有の敷地から出て行くまでを見送った後、リュックに琥珀ヱビスを詰めて、新しい自宅へと国道を戻った。

日が暮れかかっていた。心なしか、前の部屋にいたときよりも、その時刻が少し早いような気がする。私は、ひとまずビールを買ってすっきりした頭で、そうだ亀のエサだ、と思い出す。でもまだ何か更に忘れている。

アパートの駐輪場に自転車を置き、管理人の部屋のインターホンを押す。亀を預かります、と告げると、彼女は、そうなの、と無表情にうなずいて、小さな水槽を持ってくる。エサが一箱あるので、後で持っていく、と彼女は続ける。なんで引き取る気になったの？　と訊かれたので、私は、なんでも疑問に思う人だなあ、と少し呆れながら、あき竹城がテレビで亀を飼ってるという話をしてて、私も欲しいなと思ってたんですよ、と思い付きで答えた。管理人は、ふ、と暗く笑った。

部屋に戻ると、私はリュックを開け、琥珀ヱビスと漬け物を取り出す。そうだ、台所用品も買うべきだった、と頭を叩きながら、琥珀ヱビス一缶と、水茄子の漬け物の袋をよけて、残りをすべて冷蔵庫に入れる。

手を洗い、椅子の上にビールと漬け物を載せて奥の部屋に移動して、ベランダの雨戸を開ける。業者の若者が言っていたように、たしかにそこからは海が見えた。夕焼けでまだらに染まった。

私は、亀の水槽を玄関からベランダに運んで、また手を洗った後、椅子からビールの缶と水茄子の袋を下ろす。はじめは、部屋の中に椅子を置いてビールを飲もうと思っていたのだが、ふと思いついて、ベランダに椅子を出すことにした。

海が少し近付く。息を吸う。磯の香りというにはあまりに不純物がたくさん混ざっているのであろう匂いだが、それでも私が子供の頃に吸い込んでいたものと同じだと思えた。

探していた給水塔は、ベランダの端の斜め向こうの方向に建っていた。国道の側からは、このアパートの陰に隠れて、よく見えなくなっていたのだった。細い鉄骨で繊細に組まれた給水塔は、畑の中に建っていて、近くにはやはり、農作業の間に休むためと思《おぼ》しきあずま屋と、たまねぎ小屋があった。

私は、ビールの缶を開けて、口をつける。体じゅうの細胞がわななくという程に、うまく感じる。

帰ってきた、と思う。この風景の中に。私が見ていたものの中に。

再びビールの缶に口をつけると、亀が水槽の中で身じろいで、砂利がかすかな音を立てる。あとは風だけが吹いている。

袋を開けて、水茄子をひと齧《かじ》りする。忘れていたことを思い出した。履歴書を書くのだった。寺の前のうどんの製麵所に。明日またスーパーに行って履歴書を買おうと思った。今度は午前中に、自転車に乗って。

きっと心地良いだろう。

うどん屋のジェンダー、またはコルネさん

人はうどんが好きだし、私もうどんが好きだ。そしてうどんは飽きることがない。ハレの日もケの日も、コシが強くシンプルな味付けのうどんは我々を受け入れてくれる。油っこいものが好きな人も、あっさりしたものを好む人も、うまいうどんを食った、という話に耳を傾けないということはない。玉子をかけた白いごはんも捨てがたいが、玉子かけごはんだけを晩飯にするということは難しい。少し寂しい感がある。肉のそぼろはないのかしら、たくあんがあったほうがいいかしら、海苔をかけたけどやや湿っていたわ、などと、さまざまな雑念が頭の中を飛び交う。しかし、うどんならばそれが成立する。冷水できりっと締めた、つるつるで歯ごたえのある、程よい太さのうどんに、大根おろしとネギとしょうがとごまを投入し、すだちを絞って醬油をかけて食べるというだけの生醬油うどんでも、立派に一食として成立する。成立する、というだけではなく、うまい生醬油うどんを食った後は、幸せな気持ちで店を出ることができる。健康診断で「ややメタボ」と診断された私のような人間には特に、達成感すらもたらしてくれる。

ああ、この一食ばかりは油を断つことができた、と。炭水化物は多量に取り込んでいるのだが、それはひとまずおいておく。

なので評判のうどん屋というのは、時節を問わず人の出入りが絶えない。この話におけるうどん屋も、そんな人気のうどん屋だ。テレビには出るわ雑誌の常連だわ、ネットの口コミでも星が付きまくっている。駅の近く、という立地条件もあってか、狭い店内はいつも混み合っており、私自身は、月に一度行く程度である。他の日にうどんが食べたくなったら、もう少し有名ではなくて、席に余裕がある店に行く。そして静かな。

静けさ。この話におけるうどん屋には、それが全くない。常駐している店主と思しきおやじが、超気さくという態で客に話しかけまくる店。この店主のトークも、店の売りの一つと考えて良い、と雑誌などにはある。トークの内容は、要するにうどんの食べ方のハウツーである。生醤油うどんに、どのように大根おろしやネギやしょうがを盛り付け、醤油を何周かければよいのか。すだちをどの範囲に絞るのか。私は生醤油うどんしか食べないので生醤油の例しか出せないが、結構こと細かい。その店は、あっさりしうどんを売っているのに、店主がこってりしている、という矛盾を抱えたまま繁盛していた。

私は、幸か不幸か、店主の指南をまともに受けたことがない。考えうる限りを思い出してみると、私は実は店主に接客をされたことさえない。いつもいつも、店の入り口でも奥でもない中ほどの席を割り振られ、うどんの丼と、大根おろしとネギとしょうがが置かれた細長い皿を丁寧に出してくれる若い衆のような店員に、「やってください」と一言声をかけるだけである。若い衆は「わかりました」と丁重に答え、おごそかに、冷たいうどんの上に大根おろしその他を並べ、醬油をかけ、すだちを絞ってくれる。私と若い衆の間に流れる、落ち着いた、何か合点のいった空気をよそに、二つ三つ離れた席では、店主が誰かにうどんの食い方について一席ぶっている。

ところで、私が気になっているその店の客に、コルネさんという女性がいる。もちろん本名ではない。茶色く染めて結い上げた髪が、コルネのように見えなくもないから、私は心の中でコルネさんと呼んでいる。コルネさんは、うどん屋の斜め前にあるコンタクトレンズ屋の受付である。べつに尾行したとかじゃなくて、仕事の外回りの最中に、たまたま見かけたのだ。客にはにこやかに対応し、ときどき店先を掃いている。繁華街なので、煙草の吸殻とか居酒屋のチラシとかティッシュに入っていた消費者金融のカードとかが吹き溜まってくるのだろう。その時はとても物憂げで、疲れているように見える。朝から晩までずっと人に応対し続けるのもしんどいのだろう。年は、二十二歳かもしれないし、三十二歳と言われても変だとは思わない。見た目は若いが、態度が落ち着いている。コルネさんとは、二か月に一回ほど、店で一緒になる。月一しかそのうどん屋に行かない私からしたら、二回に一回は彼女がいるので、特徴的な髪型もあって覚えているのだ。

その日、そのうどん屋は珍しくすいていた。いつもぎっちぎちに人で埋まっているカウンターの席が、一つ飛ばしで座れるぐらいにすいている。客は、入り口の方から、若い女の二人連れ、三席ほどの空席があって私、老夫婦、中年男性で、入り口の側の接客を店主が担当し、中程から奥の側を、二人の若い衆が担当している。入り口の接客を主に店主が行なっているのは、店の外にも彼の威勢の良いトークの一端を聞かせるためなのだろうか。確かにいつも、この店に入ってその店主の声を聞くと、ああ、来た、という気分にはなる。

「うちのうどんは世界一やで」「あんたら初めてか。しゃあないな。おっちゃんが特別に作ったろ」「あんたら江戸からきたんか。江戸にはこんなにうまいもんはないやろ」「醬油はこうやってこうやってこうや。この最後の半分かけるのがコツや」「よう見ときや、次からは自分でやってもらうで」「ほらあんた、そんなにかき混ぜたらあかん。かき混ぜるなってゆうたやろ」。いったいこれまで何度、この一連のトークを聞いただろうか。店主は今日も絶好調で、うどんのハウツーを説明し続ける。観光客らしき若い女二人は、キャッキャと喜んでいる。世の中には、私が信じがたいほど人懐こい人というのはいくらでもいる。店主は必ず、客に店が初めてかどうかを訊く。初めてだ、と答えれば、うどんの上に大根おろしその他をならべて、醬油とすだちをかけるところまでやってくれるし、初めてでなければ、じゃあ自分でやれ、となる。私の場合は、接客してくれるのはいつも若い衆の方なので、「やってください」と言えば、食べられる状態にしてもらえる。

そこへ、コルネさんが店に入ってきた。コルネさんは、雑誌から切り取ったような、まあまあ華やかな格好をしているのに、やはり物憂げに疲れた顔をしていた。キャッキャの若い女たちとコルネさんは、年の頃も服装の趣味も似ている。だからよけいに、コルネさんの疲弊が際立つ。店主は、「いらっしゃい。ここあいてるで」と私の二つ隣の空席を指差し、コルネさんはうなずいてそこに座る。

席に着くなり、コルネさんは溜め息をつく。盛大な、ちょっと男らしい、なんというか、おそらくは恋ではなく仕事の溜め息だ。管理職が漏らすような。「何にする?」と店主は大声で話しかける。コルネさんは、ほんの少しの間、指先でメニューを弄《もてあそ》び、生醤油ください、と小さな声で言った。

私の方はというと、うどんを数本残した状態で、これをすぐ食べてしまうべきか、それとも、もう少しじっくり味わうべきかを迷っていた。今日はうちに仕事を持って帰る。だからあまりうちに帰りたいという気分でもない。だから、モチベーションを上げるために、ここの半生うどんを買って帰ろうと決めていた。夜食にする。家で生醤油は少し難しいけれど、ゆがいてつけ麵で食べるのもまたいいのだ。そうだ夜中にもうどん食べるのか、と思いつくと、まあいいかこの数本ぐらい、と私はうどんを箸でつまんですする。

二つ隣の席では、「ほなすぐにゆがいたるさかいに待っとき」と店主が相変わらずコルネさんに話しかけている。コルネさんはうつむいて、それがやっとという態で、頭を軽く振っている。

私は、最後の一本を口に入れながら、そういえばここの店主は女にしか話しかけないぞ、ということに気がついた。は、なるほど、と私の中の別の部分が、その考えをあしらう。しかしまた二秒ほどして、あれ？　女にしか話しかけない？　とまた反芻《はんすう》する。普通のことだ。普通のことか？　どうか？　私は男だから話しかけないのか？　ちなみに私は、背丈は一八〇センチ以上ある。もしかして、もっと小さければ話しかけられるのか？　しかし、店主が男の客にうどんの食べ方を説明しているところを見たことがないのは確かだ。私は空になった丼を若い衆に差し出しながら混乱する。

私の前の若い衆が、カウンターの中から出てきて、客の後ろを通ってレジに入る。私は立ち上がって身支度をしながら、少しの間コルネさんの様子を眺める。コルネさんは頭を抱えている。あらゆる意味で調子が悪そうだ。

私がレジでだし付きの半生うどんを一袋注文する頃合に、「はいお待ち！」とコルネさんの前に生醬油うどんが出された。「あんたこの店初めて？」と店主のいつもの質問が始まる。コルネさんは、「初めてです」と答える。私は、心臓がどきっとして、手足が冷えるのを感じる。コルネさんは嘘をついている。私はたぶん、コルネさんを四回ぐらい見かけたことがある。数え切れないというほどではないが、とにかく、コルネさんはけっこうこの店に来ている。

ばれたらどうなるのか？　この店主なら烈火のごとく怒り出すのか？　などとはらはらしながら様子を見守っていると、店主はまったくコルネさんの嘘には気付かない様子で、「せやったら一回だけ生醬油の作り方の見本見せたるさかいにな、ちゃんと見ときや。次からは自分で作んねんで」とちゃっちゃとうどんの上に大根おろしその他をのせ始める。コルネさんは、何も言わずに下を見ている。

一二〇〇円です、というレジについた若い衆の声が聞こえても、私は財布から小銭を出せなかった。小銭入れに、十円玉でなら二〇〇円ありそうなことはなんとなくわかるけれど、それを数えて取り出すことができなかった。お札は、千円札一枚以外には、万札が一枚入っているきりだ。なんとなく、この店で万札を出すのは憚《はばか》られた。

「ほらできた、醬油はこうやってこうやってこうや」と店主の声が聞こえる。コルネさんは湯呑みを口にやりながら、店主の話に興味を示さない。そんなコルネさんの様子をわかっているのかいないのか、「かきまぜたらあかんで、台無しになるからな」と店主は喋り続ける。

どん、という音を立てて、コルネさんが湯呑みをカウンターに置く。私は、湯呑みを自分のつむじに置かれでもしたかのように震えた。

「なんでわからないの?」コルネさんは、店主を見上げて口を開いた。厳粛な、朗々たる声音だった。あの声で、コンタクトレンズ屋で客の名前を呼んだりするのだろう。

「どうしてうどんを前に置いたら放っておいてくれないの? わたしはこの店に来るのは六回目だけど、わからないの? どうして嘘をついたかわかる? 前に正直に二回目だって答えたら、店主さんが文句たらたらで大根おろしとかを並べたからよ。わたしはその時、クレーマーに悩まされててぼろぼろだったのに、よけいに落ち込んだ。それからは、ずっと初めてだって嘘をつき続けてる。わたしが六回も来てるということをわからないぐらいなら、どうして二回目からは自分でやれって言うの? 自分でやりたくないんじゃなくて、黙ってうどんと薬味を置いてくれたら自分でやるけど、必ず初めてかどうか訊かれてそれに答えるっていうやりとりが辛いの。うどんしか食べられないぐらい疲れてる日もあって、そんな日は口もききたくないの。それでもすごくおいしいから食べに来るの、今日は放っておいてくれるかなって思うの、そうやって食べている他のお客さんもいるから、でも……」

最初は、よく通る声で話していたコルネさんだったが、最後の言葉は消え入るようだった。

コルネさんは、すっと椅子から立ち上がり、バッグを漁《あさ》って千円札を取り出し、コートを腕に引っ掛けて、私の横から割り込むように若い衆に千円札を渡して、店を出てゆく。コルネさんが悲しそうに息を吸う音を、おそらく私だけが聞いたと思う。

挙動不審なコルネさんに対して、店主は何か批判の言葉を投げかけるのではないかと私は思ったけれど、何も言わずに、うどんの丼がのった盆を引き揚げて、カウンターの中のどこかに置いた。新しい客が、私の背後をすり抜けて店に入ってくると、「へいらっしゃい」と威勢よく出迎える。店主は、コルネさんの嘘に気付いていなかったのか、それとも気付かないふりをしていたのだろうか、と私は少し考えようとしてやめてしまう。

私は、先ほど食べた生醤油うどんと、持ち帰りの半生うどんの会計を結局万札で済ませて外に出ると、なんとなくコルネさんがまだそのへんにいやしないかと探した。寒空の下の、水曜日のどんよりした人ごみの中を、コルネさんはコートも羽織らずに肩を落として、駅へと向かって歩いていた。

私は思わず走り寄って、あの、とコルネさんに話しかけていた。コルネさんは、憂鬱そうにゆっくりと振り向いた。顔はよく見えない。そこらじゅうに、串揚げの油とアルコールのにおいが漂っている。とても好ましいけれど、疲れ切っている時にはちょっと受け付けないにおい。そういう時にはやっぱりうどんなのだ。

これどうぞ、と私は、コルネさんに半生うどんとだしの入ったビニール袋を渡していた。コルネさんは首を傾げて、なんですか？　と訝るように言った。それはそうだろう。

「どうぞ、さっき店で食べてなかったから」

あんな様子を私が見ていたとなると、コルネさんは嫌だろうと思った。そっとしておくのが一番いいのはわかるけれど、私は、もうコルネさんがあの店のうどんを食べられないであろうことに、ひどく同情していた。

コルネさんは、しばらく迷うように首を振ったあと、すみません、どうもありがとうございます、と私の手からうどんとだしの入ったビニール袋を取った。お金、払います、と言うので、いいですいいです、と私は両手を振りながら後じさる。そんな私に、コルネさんはバッグから財布を出しながらにじり寄ったが、やがて財布の口を締めて、バッグにしまった。

「わたしは、あの店でコンタクトレンズを売っていて」コルネさんは、うどん屋の斜め前のコンタクトレンズ屋の看板を指差す。「でも、コンタクトレンズを安くすることはできないけれども、なんだろう、洗浄液のサンプルとか、おまけしますんで」

コルネさんはどこまでもまじめに言う。私はなんだか、泣きたいのか笑いたいのか、ここにいたいのかいたくないのかわからなくなって、それじゃあ、と手を振りながら人ごみに紛れた。このまま駅に向かうと、またコルネさんと遭遇する可能性もあるので、だから、コンビニで立ち読みでもして帰ろうと思った。それで弁当を買って、夜食にするのだ。

うどんじゃなくてもいい。チキン南蛮とかうまい。玉子かけごはんでもいい。うどんじゃなくても。

私は自分に言い聞かせながら、少しの間駅の方を振り返った。コルネさんはもういなくなっていた。

アイトール・ベラスコの新しい妻

　先週の飲み会で、今は仕事と仕事の谷間なので、今日から三日間だけ暇だ、と言うと、その日の深夜、友人から、本当に申し訳ないけど、おおまかでいいので自分の持っている仕事の資料の下読みをしてもらえないだろうか、というメールが来た。スポーツ関係のサイトのスペイン語翻訳の仕事をしている彼女は、サッカーの移籍市場が開く直前のためか、訳さなければいけない記事が多すぎて追いつかないのだという。忙しすぎてごはんを作る暇もなく、飲み会に食事のみをしに来たという彼女は、最後の一時間だけ参加して、仕事をしなきゃいけない、と少し泣きながら家に帰っていった。

　私はスペイン語が読めるし、彼女とは、普段愚痴を聞いてもらったり、よく遊んでもらったりと持ちつ持たれつなので、いいよ、と答えると、さっそくチェックして欲しい記事のリンクが送られてきた。移籍情報の添え物みたいなくだらないゴシップなんだけど、ある程度は把握しておきたいことなので、おおまかな内容を教えて欲しい、サッカーに興味が無いあなたでもわかるから、とのことだった。

記事は、ミケル・アイトール・ベラスコという、三十歳のウルグアイ人選手の再婚についてのものだった。友人によると、アイトール・ベラスコは、大柄なセンターフォワードで、エールディヴィジとブンデスリーガで得点王を取ったのち、リーガ・エスパニョーラの有力クラブに、この夏第三位ぐらいの金額で移籍する、とのことだった。私は、結構な額のお金が動く、ということ以外はほとんどわからなかったのだが、友人が、とにかくサッカーのことがわからなくても大丈夫だから、と再度メールの文面で念押ししていたので、記事を読み進めることにした。

アイトール・ベラスコは去年、小学校の頃からの知り合いで、十八歳で結婚した妻と離婚したそうだ。理由はアイトール・ベラスコの不倫。相手は、アルゼンチンで人気の刑事ドラマの検死官役の女優なのだそうだ。ここまでだと、もてはやされて糟糠《そうこう》の妻を捨てた愚かな男なのだが、アイトール・ベラスコは、息子の教育を巡って、妻とは深刻な対立があったため、不倫に走った、と主張している。曰く、「私が試合などで留守にしているうちに、息子の心が歪んでしまった」と。家族の言葉の問題もあり、シーズン中はヨーロッパに単身赴任していたというアイトール・ベラスコは、バカンスに行った先で、九歳の息子が野ウサギの腹をさんざん蹴って川に捨てたり、使用人の娘である五歳の少女をひどくいじめたりしている様子を目撃して、妻を問い質したのだが、「息子がそんなことをするはずがない」の一点張りで無視するので、息子のためにも、妻とは離婚したいという。妻はそれに応じず、離婚は裁判にもつれ込んだ末、妻の息子への道徳的責任が果たされていない、というアイトール・ベラスコの主張が大筋で認められ、莫大に請求された慰謝料は半額に抑えられたのち、息子はアイトール・ベラスコに引き取られた。件の女優とは、妻と別れるか悩んでいた時期に出会ったそうだ。

記事についているコメントの半分ほどは、アイトール・ベラスコの不実や身勝手さを責めるものだったが、同情的なものもかなり多かった。アイトール・ベラスコとその元妻と同じ学校だったという発言者が言うには、元妻は、十代からすでに秀でた才能を持っていたアイトール・ベラスコのガールフレンドであることを笠に着て威張り散らす、嫌な女だったという。自分より美人だとか、勉強ができる女を蹴落《おとし》として貶めずにはいられず、また、自分と比べて何も秀でていない女も、イタチがネズミを弄んで殺すように、恫喝《どうかつ》し陥れて楽しんでいたそうだ。ならアイトール・ベラスコはどうしてそんなひどい女と結婚したのか？　という当然の問いに、発言者は、彼女は表向きは美人で成績が良く、かいがいしいタイプだったし、なんといってもアイトール・ベラスコが結婚した時は、サッカーの事しかわからない子供だったしね、今頃になってやっと大人になったんだろう、と答えていた。

単純なようで複雑な、でもやっぱり単純な話だ、と私は概要をテキストエディタにまとめながらあくびをする。確かに友人も、クソ忙しい時にこんなゴシップ記事読みたくないだろう。私は、ブラウザをスクロールして、アイトール・ベラスコに関する過去の記事に添えられた写真のサムネイルの中から、黒髪の女性と仲睦まじげに並んでいるものを選んで表示する。おそらく彼女が、アイトール・ベラスコの新しい妻になる人のはずだ。

人気刑事ドラマの検死官役の女優、とのことだったが、彼女はラテン系ではなく、日系、というか日本人に見えた。少し眉が太めで鼻先が丸く、上半分をアップにした髪の額の生え際には後れ毛がある。笑顔は穏やかで、見ていてなんとなく安心できる、端的に懐かしい感じのする顔をしている。こんな人が南米のドラマに出ているのか、世界は広いな、と思いながら、サムネイルのキャプションを見て、私は目を疑う。知った名前だったからだ。

Yukiho Kutsuna。一瞬何語かわからないような馴染みの薄い響きだが、だからこそ確かに、記憶の中にある名前だった。忽那《くつな》ゆきほは、私の小学校の同級生だった。珍しい苗字と少し変わった名前。無数にある姓名の組み合わせの中でも、かなり低確率のマッチングだろう。確かに、中学から私立に行った忽那ゆきほの消息は、地元の人間は誰も知らない。ただ、英語圏じゃない外国に留学しているらしい、という薄い情報だけが、数年前に回ってきたぐらいだ。

私は混乱したまま、頭の後ろで手を組んで、しばらく忽那ゆきほの画像に見入った。

顔を合わせなくなって、もう二十年以上経っているので、自分の知っている忽那ゆきほと変わらない、というわけではないが、表情の鷹揚さにはうっすらと面影がある。彼女との思い出のような、そんな良いものでもないような日々が甦ってくる。大学を出たての若い女の先生は、私に「忽那さんと一緒に帰ってあげて」と頼んできた。私は、「あの子は子供っぽくて話が絵空事じみててつまらないからいやなんですけど」という言葉を飲み込んで、はい、とうなずいた。

＊

【ラ・ムヘール・アデランターダ誌のインタビュー　①】

――彼からのプロポーズはいつだったのでしょうか？

「離婚の裁判に決着がついた数日後です。それまでは、結婚の約束などは特にありませんでした。いろいろな可能性が考えられると思って。変な言い方かもしれませんが、親密な友人のままでも、家族になるとしても、どちらでもよかったんですよ」

――どんなことを言われましたか？

「よく覚えてませんけど、長く自分を支えてくれて、息子のティトを育てるのを手伝ってくれると嬉しい、っていうようなことだったと思います。私は、自分自身の経験もあったし、もしかしたら彼の力になれるんじゃないかと思いました」

——選手は、『彼女の純粋さと安らげるところ、それでいて僕と同じようにチャレンジングであるところにひかれた』と言っていますね。

「(笑)私には言わなかったですけどね」

——ドラマはやめてしまうんですか?

「そうですね、スペインで一緒に暮らすことになったので、降板になりますね。でも、脚本のアイデアを求めるかもしれないと言われたので、引き続き制作側としては参加する予定です」

*

夕方の時間の夫が通勤に使っている電車は、雑に切った具ばかりが多い失敗した鍋のように混んでいる。量が増えれば増えるほど、時間をかければかけるほど、中の物はおいしくなくなっていく。そういう料理を作る女がいた。娘が幼稚園の時に一緒だった、菜摘ちゃんのママがそうだった。彼女はどうにも料理が下手で、お誕生日会で出てきたカレーがまずくて吐き出しそうだった、と娘も言っていた。菜摘ちゃんは普段、出来合いの惣菜と、生野菜をただ切ってドレッシングを掛けたものを食べているそうで、それで満足しているという。信じられない話だ。コールセンターで働いているという菜摘ちゃんのママは、電話のあしらいや一定の動作を続けることは得意らしいが、料理のような変化に富んだ一連の動作をするのが苦手なんだろう、と思う。話を聞くと、料理本の作り方を順番に読んでいくことを難しく感じると情けなげに言っていた。手順の多いことはできない人なのだ。だから、運動会の応援合戦の衣装作製の時にも、絶対に縫い物をしている部屋には立ち入らせなかったし、デザインに口出しもさせなかった。ずっと廊下の隅でポンポンを櫛《くし》で梳《す》く作業をしてもらった。彼女は一人で、クラスの女の子全員の分のポンポンを作り上げた。一人で。ひたすらな、頭を使わない、単純作業に従事して。あんな母親に育てられたら、菜摘ちゃんもきっと、要領の悪い女に育つんだろう。とても人間らしい環境とはいえない満員電車の隅で、綾は憐れむように微笑む。ただそれはつかの間の現実逃避で、目下の問題は、菜摘ちゃんのママのようなどんくさい女ではない。いや、どんくさそうに見えるのだが、泥棒猫の実体はそうではないようだ。同い年の女だった。地味な、化粧っけのない、短い髪の女だった。夫の好みではない。少なくとも、夫は髪の短い女をいいと言ったことはない。縁無しの眼鏡をかけていて、うつむきがちで、目元には隈があった。夫はこのところずっと残業続きなので、同じ職位の同僚である彼女もそうなのだろう。

クラスにいたら、間違いなく私のグループには入れないタイプだ、と綾は思う。いないかのように無視するか、きっと真面目なだけが取り柄だから、ノートを見せてもらうぐらいはするかもしれない。でも綾からは声を掛けない。友人の誰かに話しかけさせて、綾は集団の奥まったところから、数秒口角を上げて会釈するだけだ。

もし、わかりやすい容姿と勉強と運動以外で何か、隠れて突出した美点があったら、誰かに探らせて、えらいけど、そんなものはちょっとださいし、社会では通用しないよね、と綾は密かに呟くだろう。その綾の言葉は必ず誰かに聞き取られていて、クラスにはさざなみのようにそれが広がり、彼女は軽く侮蔑される。誰か度を過ぎたことをする都合のいい馬鹿がいたら、大きな声で彼女を非難するかもしれない。そうやってクラスの秩序は保たれるのだ。綾が属してきたどのクラスにも、別の身の処し方を身に付けて、クラスの外に出ようとする弱者がいた。作文が上手だとか、歌がうまいとか、ボランティアをやっているだとか。だが、クラスの制度から外れた者は、所詮ドロップアウトしたという評価しか与えられないし、物事の中心はクラスにある。それ以外は異端だ。

この世界こそはクラスだと綾は思う。幼稚園のクラスに始まり、小学校のクラス、中学校のクラス、高校のクラス、大学のゼミのクラス、サークルもクラスのようなものだし、大学を出てから二年勤めた職場もクラスで、ママ友の集まりはもちろんクラス、PTAだってクラスだ。クラスでないものなど世の中にはない、と断言していいぐらい。

だから、クラスの根幹に触れる人間の格を授かった綾は、どんな時も不自由はしなかったし、思い通りにできたし、誰かの何かを掠《かす》めとって消すことはあっても、自分のものを奪われるということはなかった。

だが、家庭内のことについて自分に相談をしているうちに、妻とは別れた方がいい、と夫は思うようになったそうだ、とあの女は言う。

「誤解がないように言っておきますが、小湊さんの家庭のことにすべて決着がつくまでは、男女の関係ではないですよ。それ以上の信頼関係はあるかもしれませんが」

思い出すだに、手に持っているバッグを投げつけたくなる。何なのだ、余裕をぶちかまして。

「娘さんのことでものすごく悩んでらしたんですよ。でも、恥ずかしい悩みではあるし、あなたはほとんど取り合ってくれないし、って。働き詰めで外部に相談に行く時間もないから、同期の私に相談したそうです。私、大学の時に社会福祉士の課程を取ってたんで」

そんなもの、私だって取れたわよ、くだらないこと威張って、馬鹿じゃないの？　という言葉を綾はかろうじて飲み込んだ。

「小学校で、児童の話を聞く研修にも行きました」

子供が学校で本当のことを言うわけがないじゃないの。私だって娘と毎日話している。ママ友とも話している。娘や娘の周りに関して知らないことなんかない。

「仲間はずれや無視はもちろんあるし、小湊さんの場合と同じように、遊びで同級生のものを盗んで、そのことをべつの児童になすりつけたり、ということはありました。男子をそそのかし、気に入らない女子に暴力をふるわせる子もいました。なかなか認められないかもしれませんが、ひた隠しにしなければいけないほど特殊なケースでもないんです」

夫は馬鹿じゃないのか？　そんな家庭の恥を洗いざらい同僚なんかに喋ってしまって。それになんだ、『ケース』って言い方。むかつく。

「小湊さんにも申し上げたのですが、一度、ご家族でカウンセリングを受けたほうが良いのではないでしょうか？　奥さんが娘さんのしていることを直視できないのでしたらよけいに……」

「私は、あんたと夫の、不倫の話をしてるのよ」

綾は、強くテーブルを叩いて、夫の同僚の女を睨み据えた。女は、眉間にしわを寄せて、顎を引き、怯んだような目付きで綾を見遣って、すみません、と小さな声で言った。

こんなものだ。このたぐいの女は、ちょっと怖い顔をすると、あやまらなくてもいいのにあやまってしまう。クラスの中でそう躾けられてきたのだ。そうだここでもクラスのルールが生きている。誰かに罪悪感を植え付けることなんてたやすい。だって私がただ堂々としていたらいいんだから。正しいか間違ってるかなんてどうでもいい。

「小湊さんに家庭があることを知りながら、相談に乗りすぎたのはうかつだったと思います。出すぎたことかもしれませんし」

低い位置にいた女のはずだ、と綾は、夫の不倫相手を見切った。夫はこんな女のどこがいいんだろう。夫にも、馬鹿で程度の低いところがあって、だから綾も、夫のそういうところを時には補い、時には放置して自分に頼らせながらやってきたつもりだったが、低い人間同士は惹かれ合うということなのだろうか。

「それが奥さんを苦しめることになるなんて、思いもしませんでした」

「わかってたでしょ、大人なんだから」

「すみません」

綾は席を立った。少し疲れた。この喫茶店の代金はこの女に払ってもらう。また好きな時に電話して、好きなだけあやまってもらう。気が済むまで。

女はあやまらせた、なら夫はどうしよう、と綾は電車に揺られながら策を練る。三十を過ぎて、夫は何か、子供の反抗期のように自我が強くなり、扱いにくくなってきた、と感じている。お金のことを綾に任せきりなのは相変わらずだが、娘が同級生の女子にちょっとしたやんちゃをしている、と学校に呼び出されたことを半年ほど黙っていたら、人が変わったように怒った。結婚以来、あんなに怒ったのは初めてだった。それも、自分はそういうことがあっても何もできない弱い立場だったから、だからこそ、子供が加害者になってしまうことは見過ごせない、という自分勝手な理由で。

馬鹿じゃないの、と言いたい。いじめくらい何よ。あんたは私と小中と一緒だったくせして、私がそれをやってたことに気付かなかったじゃない。今更何よ。大人になったみたいな顔して。

＊

友人から、そんなにはいらなかったのに……、と言われそうなほど、忽那ゆきほについての記事を読み漁って詳細にプロフィールをまとめ、送信した後、私は、小学校の同窓会を企画したい、と五分ほど考えて、しかしすぐに、やっぱりどっちでもいい、と思い直した。ゆきほがいた教室のあらゆるところに位置していた人間に、私の発見を知らせたかったのだが、はたしてゆきほがそれを喜ぶだろうか、と考えると、ちょっとどうかな、という気持ちになる。

今思い返してみると、体が小さくて三月生まれだったから少しとろくて、というくだらない理由しか思い出せないのだが、忽那ゆきほは、小学校のクラスでは下方の層に位置していた。スクールカーストという言葉はまだなかったので、比較的のどかな時代だったのかもしれないが、それでもゆきほは、毎日のように筆記用具や教科書や体操服を隠されたり、プリントを配ってもらえなかったり回収してもらえなかったり、女子から無視されたり、男子からは少し離れたところで嘔吐する真似事をされたりしていた。班行動をしている時はまだいい方で、休み時間や登下校、遠足の行き帰りなど、生徒たちが自由に群れることを許される時間では必ずあぶれてしまい、私はいつも担任から、ゆきほの面倒を見るように、と申し付けられていた。いや、私だって一月生まれで、常によたよたしていたのだが、なんていうか、人を陥れて楽しむというところまで頭が回らない鈍い子だったので、ゆきほと行動を共にすることを任されていたのだと思う。私もまあ、ぼっちはいやだったし、ゆきほといたらそれは免れられたからそれはそれでよかったけど、別のクラスにもっと気の合う子が何人かいたから、ゆきほだけが友達というわけでもなかった。

だがゆきほの側の事情は違っていたようだ。ゆきほにとっての決まった友達は私だけだった。ゆきほはあまり人見知りをしない子だったが、それが裏目に出たのか、クラス内でのグループの概念を理解せず、好き勝手に誰かに話しかけては、ひんしゅくを買って浮き上がり、結局私のところに戻ってきていた。小学生なりの忠実さの概念というのもあまりなく、要は幼い子だったのだと思う。それが何か、クラスの政治を取り仕切っている女子の不興を買っていた。

小学校の女子は、怖い子は本当に怖かった。私は、松木綾という主導的な立場にいた女の子のことを思い出して、思わず数少ない小学校から知っている友人にメールを送りそうになる。松木さん、めちゃくちゃ怖かったよなあ、思い出すだけでちょっと体温下がるわ、などと。小学生の時は、「同級生相手に怖いという考え方はおかしい」などと妙に枠にとらわれた事を考えていたのだが、そんなものは全然ある、と大人になって理解して、やはり松木さんは怖い女だったのだ、ということを改めて認識した。

松木綾は、とにかくその場にいる一番弱い者を見つけ出す名人だった。そして、他の人間どもに対して、その一番弱い者をいたぶって良しという判定を出す立場になぜかあった。他の者たちは、弱い者をいたぶるということで負の結び付きを強め、その結び付きを与えてくれた松木綾に感謝を申告し、自分がその対象にならないことを乞い、より高度な暇つぶしになるいたぶり方の伝授を求めた。

今になると、どうしてそんな人間が教室の中で作り出されてゆくのだろう、と不思議に思う。ただ、誰の心にも澱みはあって、松木綾はその栓をひねって開放させてくれる存在だったのかもしれない。自分を含めた「クラス」にしか世界がないと、そこにいる人間の良い部分だけではなく、悪い部分や弱い部分も遊び道具にしないと時間がつぶせないということのようにも思える。

私自身も無意識にそういうことに参加していたのか、していなかったのかについては定かではない。ただずっと、誰かを仲間外れにしたり、無視したり、教材を隠したりして青ざめさせるよりは、男子の誰それが五厘刈りにしてきたので頭を触らせて欲しい、だとか、誰々ちゃんの眼鏡の度が強そうなので掛けさせて欲しい、とか、そんなことにこだわっていいのは小二までだと頭ではわかっているが、今一度ＢＣＧの小さい正方形に並んだ二組の九つの跡が欲しいものだ、などと考えていた。特にＢＣＧにはこだわりがあった。あれがあれば、自分は腕を眺めながらトイレで何時間でも過ごせそうな気がしていた。そして日替わりで、その理由を創作する。

そんなふうに言うと、夢見がちな害のない子供であったという印象を与えるかもしれないが、本当に夢見がちな害のない子供はゆきほだけで、私はときどきゆきほを言葉で泣かせた。あんたといるとつまらない、と傲慢にも私は言っていたのだった。なんなのだ、外国に行ってお金持ちと結婚してお姫様みたいな生活をしたい、って、つまらない、馬鹿みたい、などと。私にとっては、私自身の妄想がいちばん優れていたので、外国の金持ち、みたいな中途半端な夢より、『ＢＣＧの跡がもしかしたら勇者の末裔の痕跡であるという世界があるかもしれない』という現実感ゼロの仮定のほうが高級だった。そしてゆきほがそれを共有できるとは思えなかった。

でもゆきほはめげず、小学校を卒業するまで、私を友達とみなし、夢を語り続けた。思えば、そういう打たれ強さのようなものが松木綾のような人間を苛立たせていたのかもしれない。私は降参して、ゆきほの話を聞き流しながら、毎日いっしょに学校から帰っていた。

そんな日々が懐かしいような、同時に、不自由でつまらなかったからもう戻りたくないような忌避感を抱えつつ、私はやはりスマートフォンを取り上げて、小学校からの友人にメールを書いていた。ゆきほのその後はわかったとして、松木さんはどうしているのかと思う。そうだなあ、きっとうまく稼ぎそうな男に取り入って、楽な生活をしてるんだろう。働いたことなんてないかもね。そして行く先々で周りの人間を操って、有り余った時間を満喫してるんだろう。

友人も暇だったのか、メールがすぐに返ってきた。忽那ゆきほに関しては、出演しているテレノベラはまだ日本では放送されていないが、BSのどこかでそのうちやると思う、すごいね、といったもので、松木綾に関しては、彼女は小湊君と結婚したよ、とのことだった。小湊君、と言われても全然思い出せないのだが、友人によると、小中は目立たない存在だったけど、高校からすごくいい学校に行って、今はテレビCMを打っているような化学系の有名企業に研究職で勤めているという。

なんにしろ、幸せなんだろうなあ、と思う。私は、小学校の頃から一貫して「文章を書く仕事がしたい」と言い続けてきて、実際その仕事に就いたが、幸せかどうかは時と場合によるとして、まあ楽はできない。

なんか最初から間違っちゃってたのかなー、と思いながら、カーテンを閉め、電気を消してベッドに入る。今日行方がわかった二人と自分を比べて悶々とするんじゃないかと少し危惧したが、なんだか意外と早く寝付いてしまった。

＊

【ラ・ムヘール・アデランターダ誌のインタビュー②】

——ドラマに出演するようになった経緯をお話し願えますか？

「ブエノスアイレス大学で文学を学びながら、日本語教師のアルバイトをしていたんですけれども、生徒さんたちに教えるために、簡単なストーリーを自分で作って教材にしていたところ、評判がけっこうよくて、テレビ局が主催している脚本の小さな懸賞への応募を勧められたので、送ってみました。ありがたいことに、その賞に入選して、テレビ局にうかがったところ、あるテレノベラのシリーズの展開について意見を求められて、それが採用され、テレビ関係の仕事もいただくようになりました」

——検死官のサユリの役は、女優が妊娠のため突然降板して、その現場でとりあえずスタンドインをやったことから得たんですよね？

「そうですね。私はシリーズの、主人公の女刑事の息子と、敵方の連続殺人犯の娘の恋愛の部分の脚本を担当していて、検死のシーンではたまたま現場にいただけなのですが、よもやそのまま出演することになるとは思いもよりませんでした」

――回を経るごとにあなたの出番が少しずつ増えていきました。今ではメインキャラクターの一人ですね。

「（笑）メインじゃないですよ。もう帰り道で撃たれて次の俳優さんにバトンタッチしましたし」

――私の父が、彼女は、お茶を飲んでいる時も、バラバラ死体を解剖している時も、同じように落ち着いていて理性的なところがいい、と言っていました。

「（笑）それはだめな役者ですね」

――ブエノスアイレスに来るまでのことを少しお願いします。

「高校の時に、スペインに交換留学で行きました。自分を変えたくて、ぜんぜん違うところに行ってみようと思いました。それが意外と合っていて、大学ではスペイン語圏の文学を専攻しました。卒業後は商社に入ったのですが、もう少し自分のやりたいことをやってみよう、と三年でやめてブエノスアイレスに来ました」

――それ以前は？

「地味な学生でしたね。これといってやりたいこともなくて。いつも人より半歩遅れているような。地域の公立中学に進学したくないばっかりに、あまり偏差値の高くない私立校に入ってしまったんで、勉強だけはしてましたけど」

——今のあなたは、人間的な成熟が魅力の一つになっていますが、どんな小学生だったんでしょう？

「……ちょっと、十二歳ぐらいまでのことは、あまり覚えてないんですよね。すごく苦しかったし、思い出しても、いい記憶ってほとんどないし……。ときどき夢に見て、うなされます。まあ、いじめられてたんですよね……。アイトールはそういう経験がないし、だから、私から息子のティトにいろいろ話せたらと思ってるんですけど……」

——被害者になる苦しさについてですか？

「そうですね。もう結構話しましたけど。早いうちに考えを改めてくれそうで良かったと思います」

＊

携帯に電話をして、同僚の女と会ってきた、と言っても、夫の反応は鈍かった。職場からの帰りに、塾帰りの娘を拾って食事をしてくるので、夕飯はいらないと言う。以前は、子供のことなど綾に任せきりだったのに、最近になってはしかのように娘にかまいだした。娘はうざいと言っている。でも、塾をやめてもいい、と言われると、心が動くようだ。一緒に過ごす時間をなんとか捻出して、娘を変えようとしている。馬鹿なことを考えている。娘が打算以外で夫になびくわけがない。すでにそういう子なのだ。

もう遅いかもしれないが、少しずつやり直さなければならない、と夫は誰かの入れ知恵や本の受け売りを話す。協力してくれないのなら、どうしても失敗を認められないのなら、別れるしかない。

あなたは社会に出て何を学んできたの？　と綾は夫に訊きたいし、そのうち訊いてやろうと思っている。失敗を認めるなんていうことはありえない。相手の側に失敗を作り出して認めさせることの効用を知れば知るほど、そんなことはありえない。家族間でもありえない。失敗はない。綾が認めない限りは、そんなものは存在しない。

夫は会社で失敗を認めているのか、と思うと、ふと、別れたほうがいいのかも、と思えてくる。目立たないながらも真面目に勉強して、名の知れた企業に入り、将来を期待されている。大学を卒業して一年目にあった中学の同窓会では、拾い物を見つけたような気がした。内向的で勉強ばかりしてきた夫は、小学校も中学校もクラスの中心だった綾が近付いて来て、失禁するような勢いで喜んだ。綾は、正直そんな姿にうんざりもしたが、自分が求める鈍感さを持ち合わせている証拠でもあると割り切って付き合い、程なくして結婚した。

夫には、いい部分だけを見せてこれたと思う。そうやって勘繰らない男を始めから選んだのだ。なのに夫は、娘の問題が発覚してから、不必要な知恵をつけ始めて、とうとう別居を切り出した。

自分の仕事のことに手一杯で、いつも子供のことを任せていてすまないね、と言っていたではないか。それが何を今更。

もっと純粋で、一緒にいて安らげる人と一緒になれば良かった、自分と共に問題に立ち向かってくれる人が良かった、と夫は言った。君がクラスの女子から陰で怖がられていた理由が、今になってわかったような気がする、と。

綾は吹き出しそうになる。同時に、窓を開けて喚き散らしたくなる。

あえて冴えない馬鹿を選んだつもりだったんだけどあてがはずれた。

苦しめてやる。

＊

小学校は楽しくなかったので、ほとんど思い出すこともないのだけれど、私はその夜、六年生の頃の夢を見た。終わりの会が終わって帰り支度をしている時に、また、若い女の先生がやってきて、忽那さんを……、と言われる夢だった。

はいはい、と私はうんざりする。一人のほうが、いろいろ考えられるからいいのに。先生も相手を見て言っているというのがしゃくにさわる。私になら、クラスの仲間はずれの子を押し付けたっていいと思っている。それって要するになめられてるってことだ。他の子の時間はつまんない子の面倒で奪ったらいけないけど、私の時間ならいいって先生が思っているってことだ。一度先生に訊いてやりたいと思う。なんで私なんですか？って。私が断らないからですか？　そういうのにつけこんでいいと思ってますか？

ゆきほはにこにこしながら、廊下で私を待っている。私は肩をすくめて、帰ろうか、とも、行こうか、とも言わず、ゆきほがついてくるに任せる。ゆきほのスカートには、誰かの足型がついている。体育の時間の着替えの前後に、誰かにやられたんだろう。そんなことをしておもしろいか、と私は義憤を感じる。でも、やられているゆきほはお荷物でもあるので、怒りは相殺されてしぼんでしまう。

早く家に帰ってゲームがやりたかった。ゆきほはTVゲームのたぐいはぜんぜんやらないので、話していてぜんぜんおもしろくない。その日もまた、私が読んでいない少女漫画の話をして、読んでみなよ、などと言う。読まない。私は、昨日酒場で新しく作った遊び人の能力値が存外に高かったので、今日明日で必死で育てて賢者に転職させるつもりだから、そんな暇はない。

「えりちゃんは、どこか行きたい国はある？」私は、大人になったら、イギリスかアメリカに行きたい」

自分をぜんぜん知らない人しかいないところに行って、そこで努力して、自分をすてきな人間だと思ってもらいたい、とゆきほは続ける。私にはまったくそんな願望はなかったので、そうだな、あえて言うとブエノスアイレスかな、とものすごく適当に答えた。

「何それ、どこ？」

「知らない。テレビで見た。変な地名だし」

　本当は、住むならメルキドがいいと思っているが、そのことは言わない。私は、ゆきほのランドセルに、大きなバツ印がついているのを発見して、さすがに、どうしたの？と訊く。六年にもなると、ランドセルもかなりくたびれるものだけど、不意の傷ではなく、意図的にカッターで付けられたものであることは一目でわかった。

「よくわかんない。昼休みに図書室から帰ってきたらついてた。五時間目の休み時間に、高橋君がニヤニヤしてこっちを見てたんだけど……」

「たぶん松木の気をひこうとしたんだよあいつ。馬鹿クズ死ね」

　私が言うと、ゆきほは、死ねとか言うのはよくないよ、と悲しそうに笑う。私は、この子のこういうところが嫌いだし、本当の友達にはなれない、と思う。私がむすっとして、地面を靴の裏でガリガリと擦ると、ゆきほは急に真面目くさった顔になって言った。

「私は松木さんよりえらくなるよ」

「何それどうでもいい」

「松木さんより幸せになるし、お金持ちになる」

「ほんとどうでもいい」

私は切って捨てる。そんなことより、クラスから出たい、と思う。松木や高橋みたいな奴より上とか下とか金持ってるとか持ってないとか関係ない世間に出たい、と思う。

「見返してやりたいの」

無理無理、と反射的に言いかけて、私は口をつぐむ。ゆきほの肩が震えていたので。私が先生に言われて仕方なくこの子と下校しているからって、さすがにそんなことを言って追い討ちをかけるのは良くない。

そうね、できるといいね、と私は言う。可能性は低い。でも、それを信じられるならそうしたらいいじゃない、私はきっと、奴らのことを忘れるのを選ぶけど。

地獄

私と同級生のかよちゃんは、温泉に行った帰りのバス事故で、同じ日に死んでしまったのだった。突然の落石があり、避けようとしてバスが横転した。他のツアーの乗客や運転手、添乗員やガイドさんなどは全員助かり、私とかよちゃんだけが即死だった。打ち所が悪かったのだと思う。かよちゃんはどうだったかについては、余裕がなかったので知らないままだが、私に関しては、おみやげに買ったおせんべいの四角い缶が勢いよく飛んできて、その角が頭にぶつかり、致命傷となった。おせんべいは五十四枚入りで、缶はとても重かったのだ。おみやげ屋から自宅に送ってもらうべきだった。私たちの荷物はとても多くて、通路を挟んだ隣の席に誰も座っていなかったのをいいことに、おみやげを置かせてもらっていた。幸運だと思ったそのことが、裏目に出たようだ。

死んだことは確かに大変不本意なのだけれども、そのバスツアー自体はすごく楽しかったことを覚えている。かよちゃんとは、中二のときに同じクラスになって以来、人生を通してずっと友達だった。おしゃべりで気のいいかよちゃんとの旅行は予想通り楽しく、おみやげもたくさん買い、体が動くうちにもう何回かは行きたいわね、と言い合っていた。まあ、旅行に行かなくても、かよちゃんとはただしゃべっているだけでじゅうぶん楽しかったけれども。晩年は暇だったので、会うとだいたい一日十時間は話した。毎回紅茶を十五杯ぐらい飲んだ。

私とかよちゃんがいったいいくつで死んだのかについては、地獄に来た今となってはよくわからない。地獄では、その人物が最も業の深かった時の姿で過ごさなくてはならないからだ。私は、三十四歳の時がいちばん業が深かったらしく、ずっとその時の姿で過ごしている。かよちゃんとは、各地獄への配属の列に並んでいた時以来一度も顔を合わせていない。かよちゃんはたぶん、別の地獄にいるのだ。列に並びながら、私とかよちゃんは、列を仕切っている鬼の鼻毛がものすごく出ているという話で激しく盛り上がっていたのだが、それが相当うるさくて周りから苦情でも出たのか、鬼はかよちゃんを別の列に並ぶように促し、かよちゃんは五十日近く渋ったのち、「でも鬼の人も仕事だし、悪いよな」という結論のもと、最初に並んでいた列を離れていった。その時は、まあなんだかんだでそのうち会えるだろう、と私はイージーに考えたのだが、見込み違いだったのか、かよちゃんにはまだ会えていない。会いたいな、とときどき思うのだけれども、地獄でこなさなければいけない試練プログラムのサイクルが厳しい時などは、自分にあてがわれたタスクを処理するので手一杯なので、まあ、身が引きちぎれるほどではない。他の地獄のことはよくわからないが、私のいる地獄は、かなり忙しい方だと思う。忙しいというか、目まぐるしい。それは私が現世で背負った業のせいなのだが。

私を担当している鬼は、権田さんという。くしくも、かよちゃんを別の列に追いやった鼻毛の人で、私とかよちゃんにさんざんうわさされたせいか、もう鼻毛は出ていない。でも、今にも鼻毛が出そうな生活疲れを感じさせる人ではある。もともとは、別の地獄で働いていたのだが、共働きの奥さんのアトピーが悪化したので、比較的空気のいい私のいる地獄に移ってきた。それがなんというか、都落ちというか、左遷というか、権田さん的には出世コースから外れているみたいなのが、たまに申し訳なく思う。ちなみに、私とかよちゃんが死んだ時の列の整理は、五十年に一回まわってくる係みたいなものらしい。私が会社で働いていた時に、三週に一度やっていたトイレ掃除みたいな感じだろう。

権田さんはさすがに鬼なので、私には手ごわい相手である。担当として紹介された時に、私の並んだ列を仕切っていた方ですね！　と言って手を差し出すと、権田さんはそれを無視した。私のいる地獄では、住人一人につき鬼が一人あてがわれると知り、今どき地上の介護施設でも、利用者一人につき職員さん一人なんてほとんどないので、地獄は意外と手厚い、と感心して所感を述べた当初も、権田さんはまったく私の話に応える様子を見せなかった。とはいえ私も話題がないので、三〇〇日間毎日同じことを言い続けていると、この地獄と隣の地獄は新設なので、他のところより多めに人員が配置されているのだ、と話してくれた。隣にも新しい地獄があるんですか？　と私は驚き、また三〇〇日間、どんな地獄なのかということを尋ね続けると、隣は、言うなればおしゃべり下衆野郎の地獄だ、というような情報を権田さんから得られた。おしゃべりクソ野郎ではないのですね、という私の感想を、権田さんはいつものように聞き流した。

会社組織のように、総務部だとか経理部といった部門の名前はないので、私自身もはっきりとは決め付けがたいのだが、私の落ちた地獄は、物語消費しすぎ地獄ということになると思う。飽食の罪というのがあるけれども、私は、飽・物語の罪で地獄にいるようだ。確かに私は、ピーク時には一日にドラマを最低三本は観て、ドキュメンタリーも一本観て、映画は週に三本観て、小説は月に十冊読んで、マンチェスター・シティとシャルケ04とアスレティック・ビルバオとセレッソ大阪の試合の放送は欠かさず観戦し、ツール・ド・フランスを始め、ジロ・デ・イタリアや、ブエルタ・ア・エスパーニャといったグランツールの期間はほとんど眠らず、冬はモーグルとアルペンスキーとアイスホッケーを観て、インターネットでは人生相談を読みまくり、喫茶店では隣の客同士の話を聞きまくり、趣味は世界史の年表を読むことで、虚実両方の物語をすごい勢いでたしなんでいた。おまけに職業は小説家だった。とにかく、物語を食い散らかす人生だった。グーテンベルクの活版印刷の発明以降、他の悪徳に関しては決め手に欠けるけれども、物語に関してだけは貪欲、という人がじわじわと増え続け、長い審議ののち、地獄の一部門として加えられたのだという。

どうも、「その人に合った地獄」とか「その人らしい地獄」を提供するというポリシーが、地獄運営側にはあるらしい。そんなになんでもかんでも、叩いたり歩かせたり怒鳴り散らしたりしたところで現世の罪が改められるというわけでもない、という考えのもと、住人はそれぞれにふさわしい地獄タスクをこなしながら暮らしている。

私も、まったくもって試練の日々である。先週は、起床から就寝までに、一日最低三回は殺されていた。朝は遺産相続でもめて撃たれ、昼は心持ちが卑屈な人に「パンがなければお菓子を食べればいいのに」的な失言をしてしまったため首を絞められ、夜は不倫関係の清算を拒んだせいで自動車事故を装って殺された。他にも私は、横領の口封じのためだとか、会社の暴君だったとか、復讐だとか、要人だったので暗殺されたとか、単純に人違いでだとか、さまざまな理由で殺された。

何回も殺されてみて、まあだいたい嫌なことなんだけれども、人違いがいちばんむかつくしカタルシスもなくてつまらないということがよくわかった。私は死んでいるのだが、殺される時の痛いとか苦しいという感覚は一定時間あって、死ぬ、という恐怖が死んでいる状態に重ねて最大まで高まった拍子に、権田さんが迎えに来て、恐怖も苦しみもいつのまにかおさまり、動けるようになっている。まあすぐに次の殺人現場に運ばれるだけなので、べつにうれしくもなんともないのだが。

そういう目に遭うのは、毎日毎日刑事ドラマを観ていたからだ、と権田さんは説明していた。一日に何回も人が殺され、それが解決される様子を肴に楽しむなんて、地獄行きの悪徳なのである。

私の場合は、殺されるだけが地獄コンテンツというわりではなく、他にもさまざまな試練が取り揃えられている。だいたい週替わりで変わる。「一日に何回も殺される前の週は、おとなしく小説を読んでいたのだが、一日に四〇〇ページのノルマを課せられた上に、すべての本の最後の数ページが破かれていた。それをわかった上で読まされたのだった。私は小説家であったので、何も物語は最後だけが肝ではないということは知っているのだが、それでも最後がわからないのはつらい。何か重要なことが書かれていたのではないかと思うと悶々とする。悶々としながら、次の本に取り掛かる。悶々としているので、なかなか進まない。でもノルマは山のように残されている。目も疲れるし、読んでいること自体に飽きてくるし、どうせ最後がわからないことはわかっているので投げ出したくなるのだが、地獄ではそれは許されない。ミステリーなどを読まされた場合は、犯人が絶対にわからないようなところから破かれていたので、しまいに権田さんに犯人を訊くようになった。当然権田さんは答えてはくれないのだが、本を読みながら必死にメモした推理を話し、権田さんの表情の変化を見る、という方法で、当たっているか当たっていないかを判断するスキルが無駄に身に付いた。でもだいたい私の推理は外れていた。あんなに刑事ドラマを観ていたのに。

読書週間の最終日には、特別に母親が十代のときに書いた自筆の小説を読まされた。タイトルは、『怪盗マルガリータの冒険』という。テキサス娘であるところのマルガリータが、大泥棒の父親に泥棒の技術を仕込まれ、父の死後は、世界中の名画を狙いながら、恋に盗みに奮闘する、という大筋である。どこかで聞いたことがある内容な上に、マルガリータを追いかけながら恋にも落ちるフランスの首相が二十三歳だとか、モネとマネとドガを全部混同してるとか（ドガの「積み藁」とかモネの「オランピア」とかが出てくる）、母親がウクライナの政治家でガス会社を持っている大富豪で投獄されているとか、アメリカの南部にモンスーンが来るとか、もうなんというか首を傾げる内容だった。権田さんによると、Ｂ５の大学ノート二十冊にも及ぶ大長編で、私が読んだのはそのうちの一冊なので、あと十九冊は読まないといけないらしい。死にたい。死んでるけど。ちなみに母親は、小説とはまったく関係のない、銀行の事務の仕事をしていた。お話を書くことに興味があるとは、生前には一度も聞いたことがなかった。

そして今週は、十二時間交替ぐらいで私はさまざまな役割に成り代わって、いろいろな極限状態を追体験している。昨日の午前はＪＦＫを暗殺したかと思うと、午後はジャック・ルビーに暗殺された。明日は、宇宙ステーションの外壁の修理をするらしい。カノッサでは屈辱的な経験もした。私と敵対するグレゴリウス七世がその後どうなるかはある程度知っていたのだが、とはいえ、雪が降りしきる中で裸足で断食をしながらひたすら謝罪するのはものすごくつらかった。いつかやりかえしたるで、と思ってばかりいた。

今日の早くには、2006年W杯決勝のジダンになっていた。私は、自分の引退する試合がW杯の決勝という人類史上ありえないような花道で、マテラッツィに頭突きをした。あー頭突きするんだ、と知りながらした。思い出すだけでも、一瞬で胃潰瘍になりそうな気分になる。地獄に来てみて、いやだな、とか、しんどいな、とか、めんどくさいな、と思うことはしょっちゅうなのだが、この時はさすがに、よそ様の修羅場を消費しすぎました、と反省した。自分自身は、虫も殺さないような平穏な生活をしていたくせにである。

そのように反省の弁を述べても、権田さんはまったく心を動かした様子もなく、無言で私を次の装置へと案内した。アルプス山脈のどこかだった。私は自転車に乗せられて、疲れ果てていた。幸いなことに下り坂だったが、私はどうやら下りが苦手な選手であるようで、全身を不快な緊張感が覆い尽くして、すべての筋肉を硬くしていた。私と黄色いジャージを着たライバルとの総合タイム差は二十三秒で、二〇〇人近いライダーの先頭にいる私は最後の力を振り絞って、今日がいわゆる「良くない日」であるライバルを引き離しに掛かっていた。今日が競技二十日目で、今タイムを縮めなければ、もう後がなかった。ここで死ぬ気で、いやもう死んだと思って、死んでももはやいいんだと覚悟を決めてペダルを踏めば、私はライバルを逆転できるかもしれなかった。

下りが苦手な私は、それでも恐怖と戦いながらペダルを踏んだ。ここを何とか乗り切れば、最高の栄誉が待っている。無線からは、やや調子を取り戻したライバルが、後方の集団から抜け出したという情報が入ってきて、私は焦った。これまでも大概怖かったが、速度を上げるために更に怖い目を見なければいけない。しかしそれもレースである。私は腰を浮かせて、ペダルを強く踏んだ。そしてその拍子にチェーンが外れた。私の体は勢い余ってよろけて、自転車もその方向にぐらついた。前輪が、なめらかな車道を斜めにすべり、私の体じゅうの細胞という細胞が縮こまるのを感じた。道には柵がなかった。私は自転車に乗ったまま、崖下へと転落していった。木々にぶつかりながら落下していくうちに、私の体はサドルから離れ、空中で自転車の前輪が私の眉間を直撃した。ツール・ド・フランスでエースを張る私の自転車なので、それは軽いのは軽かったけれども、とはいえ、斜面をすっ転んでいるところに自転車が突っ込んでくるのは本当に悲惨なことだ。

すみません、と思う。悔い改めるというか、もう、ただひたすら、すみません、と思う。誰かの命懸けを楽しみすぎました、最大限の敬意を捧げていたとはいえ、それを言い訳に娯楽にしすぎました、すみませんでした。

私は、おむすびのように谷底まで落ちた。自分が乗っていた自転車にぶつかられた時に、死ぬ、と思ったので、たぶんコンテンツ上では死んだのだと思う。移動してきにくい場所に落ちてしまったのか、権田さんがなかなか来ないので、私はずっと森の中でうつぶせになっていた。体はものすごく痛いし、道路を踏み外すというショックで動けそうにもなかったけれども、ずっと横たわっているのは退屈だった。痛くて退屈なのはどうしようもない。体は動かない。勘弁してくださいとしかいいようがない時間が、ただじわじわと流れる。体は動かない。しかし意識ははっきりしているので、知っている限りの言語で百まで数えて、それも尽きるとしまいに一人しりとりなどを始めてしまう。

おーい大丈夫ですか？　という懐かしい声が聞こえたのは、しりとりもやめて現実に戻り、自分を迎えに来ない権田さんに何かあったのかも、と心配し始めた時分だった。権田さんではなかった。大丈夫ですか？　息はできますか？　と草を踏む音をたてながら小走りでやってきたのは、なんとかよちゃんだった。おお、と思いながら顔を上げた時には、体じゅうの痛みは消えていた。

「あら、のむのむじゃないの。ものすごく久しぶり」

私の名字は野村なのだが、中学生の時はのむのむと呼ばれていた。あだ名は基本的に長いものを短く縮めるシステムだと思うのだが、私の場合は字数が増えるのが密かに疑問だった。私は生涯、そのことについて苦言を呈することができなかった。常に他に話したい話題があったからだ。

かよちゃんは、大丈夫？　大丈夫？　大丈夫？　と言いながら手を貸してくれようとして、私は、大丈夫大丈夫大丈夫、と手と首を振りながら身を起こした。かよちゃんは、とても若い姿に戻っていた。たぶん、しゃべりすぎで夏休みに声帯ポリープの手術をしたという高三の頃だろう。毎日毎日、声がかれても咳き込みながらしゃべっていた。それだけ話すことがあったということなのだが、私とかよちゃんと他の友達がいったい何についてしゃべっていたのかについては、これっぽっちも思い出せない。

「今山小屋で一人暮らしさせられててさ、一言も誰ともしゃべったらいけないっていうプログラムなんだけど、しゃべれてよかったわ」

あーすっきりした、とかよちゃんは、権田さんに別の列に並ばされてからのことを、勝手にどんどん話し始めた。

かよちゃんは、権田さんが隣にあると説明していた、おしゃべり下衆野郎地獄に落ちたようだった。ここ最近は、この近くの山小屋で、話し相手ゼロの生活をさせられている。それが正規の名前なのか、それとも勝手にネーミングしたのか、話し相手を誰もあてがってもらえない決まりのことを、「断しゃべ」とかよちゃんは呼んでいた。人がいないならいないで自分は順応するのでそんなに苦痛ではないのだが、その前の、いろいろな事件を目撃しても誰にも話してはいけないというタスクがつらかったという。

「パブリックビューイングの会場に連れて行かれたらW杯やってて、自分もその気分になってて盛り上がってて、そしたらジダンがマテラッツィに頭突きしたりその後に釈明の番組出てジャケットの上にジャケットをはおっててわけわからんとか思ったりするんだけど、絶対に誰にも言っちゃいけないのよ。頭突きは仕方ないとしてもあれはいかがなものかだろ誰か注意しろそれともおしゃれなのかと思ったんだけど、あれはストレスたまったわー」

あと、1963年のダラスの市民になっていて、ケネディの暗殺を目撃したりもしたのだという。ジャクリーン・ケネディが後部トランクの上に乗り上げるところを見ながら、隣の人に、アメリカはこれから大変なことになる、ベトナムはどうする、フルシチョフはこのことを耳にしたら何を思うのか、ところで、自分なら座席の下に伏せると思うんだが、あなたはどうするかと尋ねたくて仕方がなかったのだが、地獄での罰の一環として、それも叶わなかったらしい。

「決まりを破ると、死にそうなぐらい口の中が渇くのよ。いやもう死んでるんだけど」

「それはおしゃべりの大敵だねえ」

断しゃべ状態にあるかよちゃんが、私としゃべっても平気そうにしているのは、私が他の地獄の住人だからかもしれない。私が落ちた谷は、両地獄の中間地帯のようなものなのだろう。かよちゃんは、他にもいろいろな衝撃の瞬間を目撃したらしいのだが、ジダンとケネディの件は私が関わってたかもしれない、と言うと、地獄同士コラボし合ってんのね、経費節減ね、とうなずいていた。

山小屋での断しゃべを終えたら、次は、壁のひびや、床の木目、空の雲の様子などについて、起きているときは常に鬼と話し続けなければいけないというコンテンツに移行するらしい。本当は鬼は次に何の試練を行うのか住人に話してはいけないのだが、かよちゃん担当の鬼である西園寺さんはすごくおしゃべりなので、うっかり教えてくれたそうだ。

「私のほうの人は権田さんっていうんだけど、すごい無口だよ」

「いやいや、無口なぐらいでいいってほんと。私なんかたまにいらいらして、もうそれは昨日聞いたから日記にでも書いてろって言いたくなる」

おしゃべりでもあるが、聞き上手でもあるかよちゃんをそこまで苛立たせる鬼とはいかほどのものか。ちなみに、私とかよちゃんが一日十時間もしゃべっていられたのは、二人ともがよく話すというのもあるのだが、二人ともがわりとよく聞くということにも起因している。よく話してよく聞く人間が二人いると、その二人は物理的に疲れ果てるまで話し続けるのである。話題がなくなるじゃないかとおっしゃる向きもあるかもしれないが、そんなものは話している内容の枝葉末節からいくらでも湧いてくる。この木なんの木状態なのである。

かよちゃんは、西園寺さんがあまりにもよくしゃべるので、たまに自分がおしゃべりだったことについて後悔するのだという。なるほど、私が最近すみませんと思うようになった件も併せて、地獄は効果をあげているようだ。

「もうねー、ほんとに愚痴ばっかなのよあの人。だったら鬼なんかやめればって思うんだけど、まあまあ苦労して雇ってもらったし、生活もあるし、なんだかんだで楽しいし、って。じゃあ楽しいならいいじゃないって言うと、楽しいだけでもないところが問題なんだよねとかって堂々巡りなのよ」

仕事以外では、家族のことでも健康のことでも、西園寺さんはとにかく悩み事だらけらしい。かよちゃんは基本的に傾聴の姿勢をとるのだが、西園寺さんの愚痴が許容量を越えると、ついついアドバイスのようなことをして、西園寺さんがでもでもだってと駄々をこねるのを誘発してしまう。西園寺さんは、かよらゃんがその日の試練を終えて床に就いても、ＬＩＮＥで悩みを話してくるし、ひどい時は、かよちゃんがトイレに立ってもドアの前で話し続けているそうだ。

「ていうかあの人不倫してるのよ」

「鬼でもそんなことするのかあ」

西園寺さんは目下、同じ地獄の同僚であるその相手が、自分にどれだけ本気なのかどうかということで悩んでいて、その度合いによっては、夫から奪うという手段も検討中であるという。

「奪うって、なにその語彙」

「本当に書いてくんのよ。場合によっては、俺は旦那からきみ子を奪ってしまうかもしれない、とか」

「いちいち人に言うなよなあ」

そのことについて、女性の意見を聞きたい、とかよちゃんはずっと相談されているそうなのだが、何を言ってもでもでもだってと反論する西園寺さんは、本当に答え甲斐のない相手であるらしい。

「ていうか、こういう感じで話すとまあまあおもしろい人みたいに思ってもらえるかもしれないけど、意外とおもしろくないのよ西園寺さん」

うすうす思っていたが、やっぱりか、と私はかよちゃんの代わりにうなだれる。よくしゃべるが聞く素養がなくおもしろくもない鬼から恋愛相談をされるとか、さすが地獄である。

「でも、根はいい人なんだけどね」

「それはなあ」

だいたいの人は、根はいい人だ。だからそれは、誰かを見限らない決定的な理由としては明らかに弱いのだが、どうしてもその一言で棚上げにしてしまう。

「だからこそ完全に心の中では切れないし、切れない限りはまじめに話を聞かないといけないし、きりがないんだよね」

ポリープができるまで私や他の友達としゃべり続けていたのとはまた違う無間地獄が、かよちゃんを取り巻いているようだ。まあ生前からかよちゃんは、そういう人を引き付けやすかったのだが。

かよちゃんについて、西園寺さんがどんな評価をばら撒いているのかは定かではないのだが、最近は他の鬼もかよちゃんに打ち明け話をしに来るようになった。かよちゃんはうんうんと聞いてやり、適切な合いの手も入れるのだが、いいかげん疲れてきたという。鬼にもいろんな悩みがある。西園寺さんの、それは女が寂しさに任せていいようにあんたを利用しているだけ、と一瞬でわかるような悩みだとか、働いても働いても給料がなかなか上がらない、だとか、正直この仕事は向いていないような気がする、といった深刻なもの、野菜が高い、よく眠れない、本当は血の池地獄に勤めたかった、肩がこる、常に眠い、仕事はいいが家事はしたくない、など多岐にわたる。とはいえ、わりとのどかな感じもするね、と私が言うと、かよちゃんは顔をしかめて首を振った。

「言いやすいのを選んで言っただけよ。あの人とはどうしても合わないとか、そういうどうにもならないしんどいこともよく言われる」

　悩みは悩みとして、合わない理由の説明について、あの人は元ヤンキーだから、とか、上司の愛人だったから、とか、鉄道研究会出身だから、など、それぞれの意外な過去に関する言及があった際に、かよちゃんは苦しむのだという。そういう「ここだけの話」を誰かに打ち明けようとすると、やはりものすごく口の中が渇いてくるらしい。誰かに言いたい、と思い続けるうちは、どれだけ水を飲んでも渇きはなくならないという。やはり地獄である。

「なら言ってくるな！　と思うんだけど、言ってこられるのよ」

「それも地獄の試練の一つかもしれないねえ」

　そして私は自分のいるほうの地獄について説明した。かよちゃんは、何回も殺されるのはいやだけど、おかんの小説は普通におもしろそう、と言っていた。私を担当してる鬼の人、列の整理をしてた人なのよ、奇遇でしょ、と言うと、かよちゃんは、あーあの鼻毛の人ね、とうなずいていた。

　そのうち、かよちゃんがいる側の遠くから、『あるじは冷たい土の中に』のオルゴールアレンジが聞こえてきたので、かよちゃんは、もう五時か、帰らないと、じゃあまた、と私と連絡先を交換して森の奥へと戻っていった。かよちゃんがいなくなってすぐに、権田さんが迎えに来たので、私は、かよちゃんがいる時に権田さんが来なくてよかった、と思いながら、二時間に一本しか来ないバスに乗って帰った。

ここは物語地獄なので、バスに乗るときもやっぱり揉めた。二時間に一本しかないというのに、停留所にやってきたバスに乗り込むときに、権田さんの携帯に電話がかかってきたのだった。権田さんは、べつにどんくさい人というわけではないのだが、ステップに足を掛けたまま、そうか、帰らないのか、また残業か、そっちは残業が多いんだな、とバス乗車そっちのけで険しい顔で話すので、運転手の鬼がいらいらして、お客さんたち、乗るの、乗らないの？　と怒鳴った。私は、乗ります乗ります、とへらへらして権田さんの背中をさりげなく押したが、びくともしないし、運転手は、車内は携帯禁止だよ！　と更にがみがみ言うので往生した。私は、すぐに切りますんで出発してください、と無理やり権田さんを押し込んで、ドアを閉めてもらった。

権田さんが、体のこともあるし、ほどほどにしろよ、と、怒っているんだか悲しそうなんだかその両方だかといった口調で電話を耳から離し、通話を切った瞬間、携帯の画面に表示されている電話の相手がちょっとだけ見えた。…み子、とあって、私は、もしやかよちゃんとこの西園寺さんの不倫相手のきみ子？　と思いつき、どっと頭皮が汗をかくのを感じた。いや、「まみ子」とか「えみ子」とかもあるだろう、いくらでもあるだろう、と思い直したのだが、どうにもそのことが頭から離れず、かなり長い乗車時間であったのに、まったく気が休まらなかった。

次の日は、午前中を宇宙で過ごしたのち、私はカエサルになった。クレオパトラがじゅうたんにくるまってやってきたり、ブルータスに暗殺されたりした。私は、淡々とカエサルをこなしながら、「シーザー」という英語読みがあるのは紛らわしい、と生前二百回ぐらい考えたことを思い出していた。

一日のタスクが終わると、かよちゃんからメールが来ていた。「壁のひびの話をしないといけないのに、西園寺さんがきみ子のことをどうしようっていう話ばっかりして、ぜんぜん試練がつとまらず、今日は帰れない」という悲壮な内容だった。私はかよちゃんに、きみ子は権田さんの嫁さんかもしれない、ということを言うかどうか少し迷って、でもこれ以上混乱させるのもな、と考え、「とりあえず『このひび、チャオプラヤ川にそっくりですね。タイ米は焼き飯に向くんですってね』みたいな話から、知ってる限りの川の名前を出しまくって西園寺さんにしゃべる隙を与えなければどうか」と書き送った。かよちゃんは「ラジャー」と返信し、その五時間後、「今日のところは何とか終わった」という内容が来て、私は胸を撫で下ろした。

かよちゃんのこなさなければならないタスクが、鬼であるところの西園寺さんの話によって邪魔されるという、矛盾してるのか地獄としては理に適っているのかという状況が始まったのは、その日からだった。地獄での試練は生前の業のせいであるとはいえ、西園寺さんの私生活は、かよちゃんには関係がない。たとえるなら、日々の試練プログラムが定時までの仕事とすると、西園寺さんの話を聞くのはサービス残業である、とかよちゃんは憤慨していた。しかし、西園寺さんの悩み相談は尽きることがない。いや、かよちゃんの話にほとんど耳を貸さないわけだから、相談ですらない。西園寺さんは、ただ自分ときみ子について話すことが楽しいのである。むしろきみ子が好きだというよりそういう話をしている自分が好きなだけなのだ、などとよっぽど喝破してやりたいと思ったのだが、かよちゃんのこれからの西園寺さんとの付き合いもある。私は、かよちゃんからメールが来るたびに、床の木目は「まるで等高線みたいですね。何ていう山なのかしら。険しそう」、空の雲の形に関しては「ぬいぐるみのはらわたとでもいいましょうか、西園寺さんは小さい頃ぬいぐるみを持っておられましたか」などとそこそこ展開できそうな文句を送るのだが、かよちゃんは苦戦しているようだった。

山小屋の断しゃべ時代に帰りたいよう、とかよちゃんは言っていた。しゃべれないのもつらいけれども、しゃべりすぎる奴と一緒にいるのもつらいのだ。かよちゃんは会社員であった頃、ストレスの多い職場であったせいか、ずっと後輩と愚痴を言い合いながら仕事をしていて、ほとんど毎日定時を三時間過ぎて帰っていたらしいのだが、あれ、もしかしたら後輩いやだったのかもなあ……、と反省していた。生前は一度もそんなことを思ったことはないという。今はかよちゃん＝西園寺さんで、後輩＝かよちゃんという状態なのか。西園寺さんよりはおもしろいと思うんだが。

私は、自分が巻き込まれるコンテンツを日々こなしながら、かよちゃんがにしゃべり勝つためのプランを毎日考え、書き送るようになった。かよちゃんは、私のおしゃべりアイデアをすべて実行しているわけではなかったが、半分ぐらいは実際に言ってみて、それなりの効果は上がっているようだった。なんだかこれは、生前の私の生活のようでもある、と思う。地獄でも私は、ライティング作業のようなことをしている。そうやって頭の中に違う場所を作ることによって、むやみに追体験させられるドラマチックな出来事を、いつのまにか他人事として眺められるようになっていた。その後、何もない天気の曇った砂浜でひたすら何もしないという試練プログラムの期間に入ると、ますます私はかよちゃんと西園寺さんときみ子と、そして権田さんのことを考えるようになった。

かよちゃんは、西園寺さんのせいでおしゃべりノルマがこなせず、落第することとなってしまった。毎日、おしゃべりに関するスタッツを出されるのだが、会話ポゼッション率が鬼である西園寺さんの方が高いというのはいかがなものかと注意を受けたそうだ。べつに意味のないものを見てひたすらしゃべることはやぶさかではないけれども、とにかく西園寺さんが苦痛だ、とかよちゃんは言う。

あまりにかよちゃんが大変そうなので、私は、自分付きの鬼の奥さんが、もしかしたら西園寺さんと付き合っている人かもしれない、と打ち明けた。かよちゃんは、どうしてもっと早く言ってくれなかったのよー、と言いつつ、でもまあ、かもしれないなら言わないよね大人なら、と自己完結していた。権田さんについて詳しく話してくれ、とかよちゃんに言われたものの、私はほとんど権田さんのことは知らないので、とりあえず、奥さんの健康のために出世コースである従来の地獄で働くことを諦め、新設のこちらにやってきた、ということを話した。かよちゃんは、それだけしかないのか、でもまあ、やってみるよ、と渋い感じで言っていたのだが、何をやってみるというのか。

大胆なことに、かよちゃんは西園寺さんの説得を試みたのだった。壁に入ったひびを見て、いつものように、きみ子とドナウ川を旅してみたい、などと寝言を言い始める西園寺さんに向かって、かよちゃんは以下のように詰め寄ったのだという：きみ子さんの旦那さんは、きみ子さんの体調のために出世を諦め、こんな新設地獄くんだりまでやってきたという話を聞いた。きみ子さんが今忙しくて揺れているとはいえ、そんな夫婦関係を手放すであろうか？　逆にあなたはそこまでできるか西園寺さん？

よくやるなあ、と私は思った。なんだかんだで鬼は鬼なので、常に金棒を持っているし、パンツも百年ものなわけで、私にはとてもそんなことはできない。でもかよちゃんは言っちゃったのだ。おしゃべりの面目躍如であるとも言える。おしゃべりの中のおしゃべりとでも言おうか。

西園寺さんはというと、金棒でかよちゃんを殴ったということはなく（さしたる理由もなく金棒で住人を殴ると、鬼にも停職などのペナルティが科せられる）、俺、一晩考えるっす、と神妙な顔をしてすごすご帰っていったという。どうやら、西園寺さんはかよちゃんより年下であるようだ。いや私たちはけっこうな年で死んだはずなので、そういうものなのかもしれないけれども。

それ以降、西園寺さんはきみ子の話をほとんどしなくなり、溜め息ばかりついては、有休をとって旅がしたい、東北がいいかな、などと言うようになったそうだ。かよちゃんは、いっそ真逆な感じでアマゾンにでも行ってしまえよ、と壁のひびに話を戻し、米amazonのCEOはものすごくプレゼンに厳しい人らしい、と久しぶりに先手を取って、会話のポゼッション率を上げることに成功した。

かよちゃんと西園寺さんの問題が収束を見せると、私は何もない砂浜でいきなり暇になった。空は曇っていて、毎日散歩をしたり、大の字になったりしている。砂浜は本当に砂しかなく、海の生き物の気配は一切ない。たとえば、ハインリヒ四世になってカノッサ城前でひどい目にあっていた頃に入ってきていた五感の情報が５０００とすれば、今は2ぐらいしかない。物語がありすぎることも苦しいが、ないことも苦しい。私は生きていた頃、物語がない状態を紛らわすために、自分で物語を書いていたのだが、この砂浜ではそれを記録する媒体もない。砂に書いてもすぐに風で飛ばされるか、波にさらわれるかしてしまう。自分自身に対して口承しようと試みても、自分の話し声が心地好い波の音でどんどん緩んで消えていってしまう。

ここではおなかも空かないし、眠くもならない。体にとって悪くはないはずなのだが、頭の中では常に、真っ黒い絡まった糸玉が蠢《うごめ》いて、少しずつ膨張しているような感じだった。私は、せめて自分自身で変化を作り出そうと、歯をキシキシ言わせたり、腕をかきむしったり、むやみに飛び跳ねたりして過ごしていた。担当の権田さんも、権田さん自身の様子が情報になってしまうので、まったく姿を見せなくなっていた。

来る日も来る日も砂浜に大の字になり、手足をぶるぶるさせたり、左右に転がったり、替え歌を歌ったりしながら、もはやここは唯一変化のあるものである海に駆け込んで、進退窮まる深みまで入っていったほうがいいのかもしれない、とふと思いついて身を起こすと、権田さんが傍らに立っていた。すごく長いこと見かけなかった。この砂浜では日にちを数えられないので、ただ「長いこと」としか言えないけれども、とにかくものすごく長い間だ。

「野村さん、お久しぶり」

「はい」

権田さんは、私の前に小さな座卓を設置し、その上にA5の80枚つづりのノートと、私が生前よく使っていた直液式の黒のボールペンを置く。

「不仲だった妻とやり直すことになった」

「そりゃよかったです」

「話は妻から聞いた」

ということは、西園寺さんが住人のかよちゃんから私づてに事情を聞いたときみ子に別れを切り出し、きみ子が権田さんにそれを話したということになるのだろう。どいつもこいつも隠せよ、と思う。さすがおしゃべり地獄の関係者たちである。

「野村さんに助けられたようなので、今回は特別に恩を返すとしよう」権田さんは、金棒で座卓を示し、静かにうなずく。「ついてはどうして自分たちが不仲になったのかについて考え直し、関係を修復したいと思うので、原因と思われるものとやりなおすための方法を二千個ずつ考えて欲しい」

「わかりました」

私はとりあえず、『鼻毛が出ていたから』と書いて、さっそくそこから先に詰まる。頭の中の黒い糸玉は、憤慨するようにぐちゃぐちゃと絡まることをやめる兆しを見せたが、やっぱり地獄だなあと思う。物語は、ありすぎることも、なさすぎることも、作り出さなければならないことも苦しい。

運命

すみません、と後ろから声をかけられる。私はラッシュ時のターミナル駅にいた。いつもは、こんな大きな駅に朝いることはほとんどない。今日は一年ぶりに、ものすごく気の重い用事があってそこにいる。十八歳の三月から数えて、年に二回、もう三年目なので、毎年、迷うことはないだろうと思うのだが、長年にわたる改装で、一年ごとに駅を訪れるたびに、建物や順路が様変わりする。とはいえ、一年目に感じたほどの不安はない。こういうのは今年でもう終わりにしたい、と思う。いいかげん合格して、学校の近くに住みたい。前々日から何も口にできず、冷や汗をかいて、電車で隣に座ったおばあさんに、ねえ顔が真っ青よ大丈夫なの、などと心配される朝はもうたくさんだ。五回やれば十分だ。

そんな状態だったので、声をかけられたことに現実感がなく、そのまま乗り換えの改札へと急ごうとすると、また、すみません、という声がした。か細い声だった。本当なら、この人で溢れかえる駅の雑踏にかき消されてもいいぐらいの声量なのに、助けを求める声は、なぜか私の耳に届いてしまう。いつだって。

　またか、と首を振る。私に声をかける人の用件はよくわかっている。去年もおととしも、すみませんと声をかけられた。去年はまだ理解できるとして、最初の年に、制服姿の見るからに何も知らなそうな私に声をかけるとは何事だろうと思う。それでも、試験会場への経路の予習だけはばっちりだった私は、正確に案内をすることができたのだが。

「ほんとにすみません」腕を軽くつかまれる。「ＨＷ線に乗り換えたいんですが、どこに行けばいいでしょうか？」

二年前の私と同じ、高校のものと思しき制服を着た女の子だった。心もとなさそうな青い顔をして、眉根にしわを寄せて、今にも泣きだしそうな顔をしている。言葉のなまりも、この近くのものではない。明らかに土地勘がない感じがする。

彼女はたぶんこれから、私と同じ場所に行く。どの学部を受けるのだろうか。彼女のせいで私がまた落ちてしまうということはないだろうか。たくさん学部はあるんだし、その考えは妄想じみているけれども、万が一そうだとしたら、せめて道ぐらいは教えたくない。

でも、神様がこの状況を見ていたならば。そのせいで結果に影響したら。普段は神様なんて信じていないのに、どうしてこんな時にだけそんな存在のことを思い出すのか。

自分も同じ乗り換えをするから、一緒に行こうと言うのは気恥ずかしく感じて、私はそっけなく改札と切符売場を指さして説明する。制服の女の子は、どうもありがとうございます、とやはり聞きなれない訛りの礼を添えて私に頭を下げて、早足で朝の大移動をする人々の中へと消えていく。

私は、自分がHW線に乗る時に彼女が電車の中にいたら、車両を替えようと思う。悪いことをしたわけではないのに、ただ恥ずかしかった。

いいことをしているはずなのに、どうしてこんな気持ちにならなければいけないのか。

＊

病院で、インフルエンザだと言われた。起きてすぐに、タブレットで発表を確認した後、急に頭が熱くなりだして具合が悪くなり、熱を測ったら39度まで上がっていた。足元がふらつき、体のあらゆる関節が痛んだけれども、私は布団から這い出て、病院に出かけたのだった。何かをやらずにはいられなかった。

発表の中に、私の受験番号はなかった。このまま、高熱で意識を失って死にたいと思った。けれども、じっと横になっていることすら苦痛だったので、何か一つだけでも自分をましにするために、点滴を打ってもらいに行こうと思った。

診察してもらい、望み通り点滴を打ってもらうと、少しらくになった。体がつらすぎて、おなかがすいたとすら思えなかったけれども、去年食事をしたら重い風邪の症状が緩和したことを思い出して、私は、鈍い頭で病院の周辺でどこか食べに行きたい店があったか考え始めた。

おなかにやさしいもの。うどんとか。また落ちた。そばでも。死にたい。明らかに体によくなさそうだけど、カレーうどんとかでもいい。よくない。不合格だ。死にたい。つらい。消えてなくなりたい。落ちた。また落ちた。落ちた。落ちた。落ち……。死ね私。死にたい。蒸発したい。消えたい。

点滴で体がましになって頭に浮かぶことといえば、食欲についてではなく、不合格だったということだ。もしかしたらあのまま、寝床で不合格のついでに絶食して朽ち果てればよかったのではないか。いや絶対、そのほうがよかった。もう、この先どうしようかと考えて、その通りに体を動かして、生きていく意欲がない。気力もない。

ふと、そばのつゆの匂いが鼻の前を横切ったかと思うと、胃がぎりぎりと縮んで、鼻の奥が痛くなる。私は、そば屋の前でボロボロ泣き出す。ほとんど立っていられないので、埃をかぶったメニューのサンプルが置かれているガラスケースに手を突いて、私はおいおい泣く。こんな気持ちなのに死なないのか。不思議だ。普通死ぬだろ。こんなにつらかったら。

私は、とにかくどこかに座りたいという一心で、そば屋に入る。以前、一度だけ入ったことがある。まあまあおいしいお店だった記憶があるのだが、中にお客は一人もいない。カウンターは嫌だったので、出入り口からいちばん手前の四人がけの席に座る。案内されたわけでもないのに、一人で四人が座れるテーブルを独占することは、普段の私なら、穴を掘って隠れたいぐらいの図々しい行為だったが、その日は緊急避難といってよかった。

テーブルの端には、お品書きがあった。目がすべって字がぼやけ、ほとんど読むことができなかったので、さすがにこれはあるだろうと思いながら、きつねそばを注文した。注文を取りに来てくれたおばちゃんは、今日はかやくごはんサービスです、などと言う。いらない。そんな無駄で微小な運の良さはいらない。

頭を抱えてきつねそばを待っている間に、店は突然混み始めた。あっという間に、私の周りのテーブル席が埋まり、カウンターも一席ずつ飛ばして客がまんべんなく座り始め、そば来ないな、と軽く苛立ち始めた頃には、店は満席になっていた。自分はインフルエンザなので感染しますよ、と言ってやりたかったけれども、そんな気力もないし、なにより、明らかに私がいちばん最初に入店しているはずなのに、隣のテーブルに座っているカップルに親子丼が運ばれてきたことに、怒りを通り越して驚いていたので、私は感染源であることを宣言しなかった。

私の近くのカウンターの人も、丼を受け取り始めたので、私は、この不当な扱いに、普段以上にひどい度合いで傷付けられるのを感じた。抗議をする気力も体力もなくて、私はまたうっうっと泣き始めた。隣を通った店のおばちゃんは、さすがに私の様子がおかしいのに気が付いたのか、しまった、と小さい声で言ったかと思うと、すぐにきつねそばとかやくごはんを持ってきた。大盛りにしといたからね、などと囁《ささや》く。私が、まだ顔を覆って泣いていると、おばちゃんは更に言葉を続ける。

「あんたが前に来た時も、こんなふうにいきなり混み始めたから」

気のせいだろうが、そう思うんだったらオーダーを抜かさないでくれ、と言いたいのだけれども、言葉が出てこない。やっと箸を取ってそばを食べ始めても、熱のせいか不合格のせいか泣いているせいか、ほとんど味がしなかった。

なんとか食事はした、という体裁で、店を出て、またとぼとぼ歩き始める。食事をした。それだけだ。私は今年も合格しなかったし、インフルエンザにかかっている。あの、と声をかけられる。とりあえず無視する。しかし、正面からやってきた、さっきの店のおばちゃんよりは少し若いけれども、私の母親ぐらいの年齢のおばさんは諦めずに、また、あの、と声をかけてくる。

「図書館はどちらですか？」

図書館はそば屋のあるブロックの向いにある。あなたが進んでいる道をまっすぐ行けば、普通に辿り着く。なのになんでわざわざ私に訊くんだ。

「まっすぐ行かれたらあります」

私が答えると、おばさんは、初めて行くの、ありがと、とぞんざいに言って私とすれ違い、そのまま進んでいく。

こんな日は、人の役になんか立ちたくなかった、と思う。頭痛がしてくる。私は、家までの道のりを秒速50センチぐらいでのろのろと進んだ。おばさんが図書館に着けても、私は家に帰れる気がしなかった。

*

そば屋と同じような経験は、記憶にあるだけでも何度かある。いちばん印象に残っているのは、語学の習得と、同僚になる人間とのしばらくの共同生活のために、ヒューストンからモスクワに行った時のことだ。初日は、ホテルに滞在することになっていて、食事を自分で調達しなければならなかったのだが、渡航費と現地での経費だけでめいっぱいだったため、ルームサービスなどは頼むな、と組織から固く言われていた。かといって、ロシア語もしゃべれない、店も知らないので、現地の安そうな食堂に入るわけにもいかなかった。私は、空港の売店で自腹で買った半端なおやつ（まずかった）を部屋に持ち込み、空腹しのぎに食べていたのだが、それでは足りなくなってきて、よほどホテルのレストランに入ろうかと思案した。けれども、やはりお金が足りないようだった。

明日のチェックアウトの時間には迎えが来て、車で研修施設まで運んでくれるとのことだったが、おやつだけで過ごして調子の悪い姿を先方に見せるわけにもいかないな、とベッドに寝転んで考えていると、ますます腹が減ってきた。寝たら何とかなりそうではあるのだが、腹が減っているのでそもそも寝付けないという状態にあったし、私がその状況に陥ったのは、夜の二十一時だった。いくら夏のモスクワの日没が遅いとはいえ、さすがに外は暗くなりかけていた。英語の通じそうな安い店を探して行くにしても、モスクワには、語学研修と仕事のためだけに来たので、外部の娯楽から自分を遮断するために、ガイドブックの類は全く持ってきていなかったし、知らない街の夜道で店を訪ね歩く危険も冒せなかった。

私は、タクシーの中から見たホテルの周囲の風景を必死に思い返して、近くに屋台のようなものが出ていたことを思い出した。派手な看板のわりに、誰も並んでいない店で、むっつりとした表情のやせた親父が、腕を組んで通りを見ていた。

私は体を起こして、身支度をしながら、でも変なものが入ってて腹を壊したりとかしたらかっこ悪いし、それこそ明日迎えに来てくれる同僚になる人たちになめられるぞ、と何度も逡巡したのだが、それでも空腹には勝てなかった。

私は、緊張してホテルを出て、早足で歩道を歩き、屋台があったと記憶している方向へと急いだ。一つだけよかったことは、季節が夏で気温が20度以上あったため、寒さ対策はしなくて良かったことだ。

屋台が閉まっていたらそれこそお手上げだったのだが、まだ何とか開いてくれていた。やはり客は一人も並んでいなかったので、長い時間開けていてなんぼという感じなのか。ピロシキの屋台のようだった。私は、ロシア語しかない屋台のメニュー表示のようなものを遠巻きに眺めながら、カウンターに下敷きのようなメニュープレートがあるか、現品が置いてあってそれを指さして買えることを祈りながら、意を決して屋台の前へ移動した。

むっつりの親父は、ニコリともせずに私を見やって、ゆっくりとうなずいた。私もおずおずとうなずき返し、基本的にここにあるものは食べられるものだから、どれを買っても同じだ、と自分に言い聞かせた。期待していたような下敷き様のプレートはなく、現品が陳列されているケースもなく、どうやって頼もうか屋台の中を覗き回して、親父の背後のフライヤーの傍らに、あつあつと思しき湯気がたっている楕円形のピロシキがあったので、それを指さして紙幣を出した。しかし、それだけでは親父はピロシキを渡してくれず、早口で同じことを何度か言ったので、私は焦った。親父が、一個か二個か三個かというようなことを手を使って尋ねてきて、やっと私は、親指だけを折って四本指を立てて示した。親父はにやりと笑い、また何か言って、紙袋にピロシキを詰め始めた。たぶん、よく食うなというようなことでも言われたのだろう。

注文には長い時間がかかった。私は、ようやく紙袋とお釣りを受け取り、人心地ついて屋台を離れようと回れ右をし、ぎょっとした。私が宿泊しているホテルの入り口のあたりまで、行列ができていたのだった。あの親父が揚げている分だけでは、とても間に合わないだろうと思えるぐらいの行列で、十五人まで数えて、後はもうやめてしまった。親父がんばれ、と片手間でエールを送りつつ、食料を目前にしてますます絶好調な様子で腹が身をよじり始めるのを感じながら、ホテルの入り口へと戻ると、列の最後尾にいた白人の中年夫婦が、私に何事か話しかけた。英語だった。無視してもよかったのだが、習性で訊き返すと、奥さんの方が、ボリショイ劇場はどちらだったかしら？　と訊いてくる。私は、ガイドブックは持っていなかったけれども、幸か不幸か、ホテルの位置を事前にネットで確認した際に、近くにボリショイ劇場があることを知っていた。私は、夫婦に英語で場所を説明して、でも、夏の間は閉まっていると聞きましたよ、とまで付け加えた。奥さんは、明日の朝建物が見たいだけだからいいのよ、というようなことを言って、一組分だけ進んでいたピロシキの屋台の列についていった。

私は、ピロシキの袋を手にホテルに戻り、エレベーターに乗り込んでボタンを押しながら、何かもやもやしたものが込み上げてくるのを感じた。なんであの夫婦は、モスクワにいるのにもかかわらず、アジア人丸出しの私に道を訊くんだ。

*

ぼんやりしている時に、頭をよぎる過去の記憶がある。生まれた病院でのことだった。私は小児喘息をやっていて、咳をするのは息をするのと同じという子供時代を過ごした。地元の病院には、十歳まで毎週欠かさず通い続けて、時間つぶしにそこら中を歩き回り、建物の中のことは何でも知っていた。

その日も、私は廊下の長椅子に座って咳き込んでいた。お母さんはトイレに行っていた。近くに、小柄で線香の匂いのする人の気配がしたけれども、私は吸入器を吸い込むのに必死だった。線香の匂いの人は、私が吸入器をリュックにしまうのを待って、おじょうさん、としわがれた声で言った。着物姿のおばあさんだった。

「大変ね」

「発作のときはね」

「孫もそうなのよ」

おばあさんは、私の隣に座るでもなく、杖を手に話し続ける。私は、雑談を求められているのだろうか、お母さんに代わってほしい、と不安に思いながら顔を上げると、耳鼻科はどちらかしら？　とおばあさんに尋ねられた。病院のことなら何でも知っていて、どこにだって案内できる私は、立ち上がっておばあさんを連れていくことも考えたが、そんなことをするとお母さんが心配するので、このみどりいろのすじを、あっちのほうにたどっていくとじびかです、と答えた。病院はとても広くて、入り口からは、内科や外科や小児科といった様々な科に向かって、色分けされた筋が廊下に描かれていた。私のよく行く小児科は黄色、耳鼻科は緑色だった。

どうもありがとう、とおばあさんが言うので、どういたしまして、と私はこともなげに答えて、さらに昔の、同じような記憶を思い出し始めた。

私は生後二か月で、お母さんに抱かれながら、この病院の廊下を移動していた。予防接種が終わったばかりで、たぶん少し泣いたのだが、すごく痛いとは思わなかった。早く家に帰ってお乳をもらって寝転がり、頭の上のメリーがぐるぐる回る様子を眺めたかった。だから、前から私と同じように、抱っこされて廊下をやってくる同い年の子が、ちょっとかわいそうだと思った。きっとこれから注射なのだ。しかもその子のお母さんは、間違った順路を進んでいた。私が注射を打ってもらってから、お母さんは売店に寄って私のおしりふきを買ったので、売店から病院の入り口へと向かっている私のお母さんと、注射を打ってもらいに行くはずのその子のお母さんがすれ違うのは、ちょっとおかしい。売店と小児科は反対方向にあるから。

前からやってきた子は、不安そうに、私に目で訴えかけた。

お母さん、ずっとこの階をぐるぐるしてるのよ。

私は、二度まばたきをして彼女に答えた。

注射なら、あなたのお母さんは反対の方向に進んでいるわよ。

そうなの。

彼女はすぐに、声をあげて泣き始めた。彼女を抱いているお母さんは、ああ、どうしたの、どうしたの、と焦ったようにあやしながら、広い椅子と総合案内がある入り口の方へと進んでいった。おそらくそこで、間違いに気が付くのだろう。

*

テレレを飲みながら、私はアスンシオンの旧市街をうろついていた。リカルドは毎日やたらとテレレを飲んでいるし、私にも作ってくれるのだが、おいしいと思えたためしがない。ブラックマテは好きなのだが、グリーンのはどうしても、最初の風味に猫の匂いに似たものを感じるのでなじめない。猫の味なんかしない、とリカルドは言うのだけれども、味じゃなくて、舌に乗せた時の印象が、猫なのだ。君は猫が好かないのか、とリカルドは言った。私は、猫は好きだと答えた。ならテレレも好きになるはずだ、とリカルドは首をかしげた。私は口をつぐんだ。

そんなくだらないやりとりをこれからも続けたいのか、と私は飛行機の中でずっと自問していたけれども、くだらない、と誹《そし》りつつも、リカルドとのぼんやりしたやりとりや、太った後ろ姿がどうしようもなく懐かしかった。リカルドが、故郷に帰ると家から出て行って、まだ十日しか経っていないのに。

私が知っている中で、もっとも我慢強い男の人であったリカルドだったが、研修や仕事などで、彼と一緒に里帰りをすることを一年間渋り続けた末に、一人で帰ってしまった。母は孫を欲しがっているんだ、とこの三か月間、リカルドは深夜の夕食の後に毎日言っていた。知り合った頃の私たちは、あんなにサッカーと焼肉の話しかしなかったのに。

けれども、私の人生で、孫がどうのなどと言ってきた男の人も、リカルドしかいなかった。私はもてない。日本人にもアメリカ人にももてなかった。人柄が穏やかで良いと、男女問わず好かれはするけれども、本当にもてなかった。だから、リカルドを失ったら、もう誰も、一緒に住んだり、毎日お茶を淹れてくれる人は持てないような気がした。私の勤め先の近くの焼肉屋の店長の職を副店長に譲って、アスンシオンに戻ったリカルドを追いかけていくことは、私にとっては失職も覚悟のうえだった。リカルドは、私ほどはやりがいのある仕事をしているわけではないから、などと考えた自分が馬鹿だった。

七月のアスンシオンは、少し肌寒くて、私は冷たいテレレを屋台で注文してしまったことを後悔した。南半球には、生まれて初めてやってきた。ここでは七月は寒いものなのだ。

　私は、あまりでぶという感じの人がいないアスンシオンの旧市街で、同い年ぐらいの太った男の人を見かけるたびに振り返りながら、それがリカルドでないことに落胆し続け、そのたびにテレレを一口吸った。やはりおいしくない。

　それでも、リカルドを見つけられたら、自分はアスンシオンに住もうと思う。もうどこにも行けないだろう。日本にも、アメリカにも、私の居場所はないだろう。頭がぐるぐる回って、私はバス停の立札のたもとに座り込んだ。リカルドの言っていたことの記憶をたどる。彼の母親は、アスンシオンのレース工房で働いている。父親は、それを商う土産物店を経営している。自宅がどこにあるのかという話は聞いていない。父親の店にいそうだとは思う。

　地べたに座って頭を抱えていると、誰かが私の肩をぱしぱしと叩く。小さい手と軽いタッチだ。明らかにリカルドではない。顔をあげたくない。

「おねえさん」子供の声が聞こえる。男の子のだか女の子のだかはわからない。「メルカド4に行くにはどのバスに乗ればいいの。お母さんがそこで働いてるの」

　知らないよ、私は日本人だもの、と私はスペイン語で言って首を振る。子供は何も答えず、立ち去る気配もない。私は、頭を上げられずにいる。子供が行ってくれたら、テレレを一口飲みたいと思う。しかしなかなか、小さい気配は私の傍らから消えない。ほとんど我慢比べのような様相を呈してきて、私はとりあえず地面に置いたテレレを飲み、子供の顔を見上げる。女の子が、じっと私を見下ろしている。

ずっとそうするのだ。私にはわかった。私が彼女に道を教えるまで、彼女は絶対にここを動かないのだ。私と彼女では、持っている時間の量が違いすぎる。

私は諦めて立ち上がり、リュックの中からパラグアイのガイドブックを出してめくる。女の子は、じっと私を見上げている。

「ここのバス停に停まる系統ので行けると思うよ」

「一緒に行ってくれる？　市場って楽しいんだよ」

そうね、と私は残り少なくなったテレレを吸い込む。情けなくて涙が出てきて、もうまずいとさえ感じなかった。彼を見つけられなければ、私はやはり帰るしかないと思った。帰って、突然休暇をとって申し訳なかったと同僚と上司にあやまって、いつも以上に仕事にのめりこんで、部屋に戻るのだ。一人で。

＊

河原で目が覚めた。これから、川の方に向かって舟に乗らなければならないらしい。

来たことのない場所だが、このままますぐ歩けば川に到着するということを、私は知っている。右の手首にどうも違和感があるな、と思って見ると、真ん中に四角い穴の開いた貨幣が六枚、紐に通されて巻かれている。六文である。円に直すといくらか、諸説あるのでこれというのはないけれども、気分的には二ドルぐらいか、と思う。

これを大事に持って行って、船頭さんに渡さなければ、舟賃代わりに服を取られたりするらしい。それはいやだ。いや、どうせ船頭さんは私がどんな体かなんてどうでもいいと思うんだけど、同乗するお客さんたちに、私が裸だと申し訳ないと思う。舟に乗ること自体あんまり楽しいことでもないのに、なんでばあさんの裸なんて見なければならんのだ、と思ったりしたらかわいそうだ。

しばらくその場に座ってぼんやりしたかったけれども、河原はあまりにも座り心地が悪かったので、私はとりあえず歩くことにする。裸足はつらいし、手首にお金を巻き付けている状況がなんだか気持ち悪い。でも、私の着ている着物には、当然ポケットがついていなかった。

角の丸い石を、足元で意識的に探して、そこを踏んで歩くようにする。ときどき道筋からずれているような感触を覚えるのだが、正しい方向に進んでいるという自覚はある。一人で河原をひたすら歩くのは、さびしいものの心安らかでもある。ただ進んでいればいいのだから。一人で目が覚めてよかった、と思う。この場所はなにもなさすぎて、ちょっと話題がない。

少し疲れたので、なめらかな石を拾い集めて、台座のようなものを作り、そこに腰かけていると、地平線の方から誰かが近づいてくる。私は、見つかりたくないし話しかけられたくもないのだが、身を隠せそうな茂みすらない平坦な河原なので、ただそちらの方に背を向けて座りなおす。たとえば、お金を恵んで、とか、服を貸して、と言われても、ここでは持ち物がなさすぎてあげられないし。

「すみません」地平線からやってきた誰かの声が聞こえてくるが、振り向かないようにする。私と同い年ぐらいの、おばあさんの声だった。「すみません」

私は、振り返らないまま首を横に振る。

「あのね、川はどちらの方にあるかおたずねしたいんですけれども。もうずーっと迷っちゃってて。私はすごい方向音痴で」なんとなく、ここで目が覚めた時にどっちに行けばいいかわからなかったか？　と思うのだけれど、そうでもない人がいるらしい。「でもあなたは、けっこうわかっていらっしゃるふうに見えるから、こうやってご相談を申し上げるんですけれども」

丁寧な人だ。私に、すみません、と話しかけてくる見ず知らずの他人は、生前本当にたくさんいたのだけれども、全員が全員こんなふうであるとは限らない。ただ、何々はどこ？　と訊くだけ訊いて、こっちが答えたら何も言わずにそちらに向かってぷいと歩いて行ってしまうことが多々あった。

私は振り返って、彼女の右手首を確認する。ちゃんと六文持っているようだ。着物も着ている。借金を申し込まれたりということはなさそうだ。

「どちらに行けばいいのかは、なんとなくわかります」

「あらすごい方」

おばあさんの言葉に、私はちょっと気を良くする。

「あと少し休んだら、一緒に参りましょうか」

ええ、ええ、とおばあさんはにこにことうなずく。ふくよかな体型で、あまり苦労をしていなそうな張りのある頬の感じから、方向に疎くてもぜんぜん悪びれずに生きてこられた、という印象を受ける。思わず助けたくなるタイプだ。そして私は、思わず助けを求めたくなるタイプのようだ。それはこの河原にやってきて、舟に乗るだけという時になっても変わらない。

「六文だけはなくさないでくださいね。貸せませんから」

「わかりました」

服を取られたくないですものね、とおばあさんは言いながら、私の隣に腰かける。その後しばらく、私と彼女は、私たちがうっかりしてて服を取られて裸になったら、船頭さんはうれしいものなのか、という議論を交わした。私が自分の考えを話すと、ふくよかなおばあさんは、でも、なんだかんだで男の裸よりはうれしいでしょう、と言った。

「服を取るのはおばあさんらしいんで、その人は女より男の服の方が取りたいかもしれないですよ」

「でも、取った服を木にひっかけるのはおじいさんなんですよね」

服を取るのは男と女、どっちがうれしい？　という話は、結局、決着がつかないまま、私とおばあさんはやがて立ち上がり、川の方へと歩き出した。

＊

トイレと太陽光パネルの両方に問題が起こったので、起きてからは私は、ほとんど他のことを考えずに、トイレのホースの補修と太陽光パネルの傾斜を調整する作業に没頭した。それまでは、おととい夫が話していた、ショッピングモールの同じフロアにシュラスコの店ができたため、夫が店長を務めるアサードの店の売り上げが落ちるかもしれない、ということがときどき頭をよぎっていたのだが、いつのまにかそれも忘れてしまった。

どうしてあのショッピングモールは、そんなに焼肉の店ばかり作るのか。夫は、本場から来たアルゼンチン人だという触れ込みで店長をやっているのだが、本当はパラグアイ人であることを隠している。シュラスコの店の店長はブラジル人であるとのことだが、実はポルトガル人なんじゃないの、と私と夫は話し合った。どう考えても、ISSと地球の間で交わされるたぐいのやりとりではないのだが、スペイン語で会話をしたので、周りが変な顔をすることはなかった。もっとも、地上の人たちは、あいつら何を話してるんだ、と眉をひそめたかもしれない。

太陽光パネルの調整が終わると、ミロスラヴァが船外活動の補助を頼みに来た。ロシア国籍の二人と作業をする予定だったが、うち一人が体調不良であるとのことで、私にお鉢が回ってきたのだった。私はこの場所では最年長で、かといってもっとも経験が長いというわけでもないのに、何かあるとすぐに頼みごとをされる。一緒の船に乗ってやってきたスロベニア系のミロスラヴァはもちろんだし、他の人々も、何かとこまごましたことを頼みにやってくる。やれ保湿タオルを分けてくれだとか、コンピュータの調子が悪いから見てくれとか、寝袋のファスナーが壊れたからなおしてとか。まだ、任務や実験に関することならいいのだが、私が各国の同僚から頼まれることは、庶務的なことがかなり多い。それで自分の実験が遅れることもしばしばある。それはそれで助けてもらえるのだが。

この場所のお母さんみたいなものだよね、と誰かがいいように言ってくれたが、それは違う。私は、ものを頼みやすい人相なのだ。それも世界中の人間から、そう思われている。宇宙空間でもそう思われている。

ミロスラヴァの作業を、ロボットアームで補助した直後に、ひどい眠気がやってきたので、私はいったん寝室に戻って仮眠をとることにした。まだ筋力トレーニングのノルマが残っていたのだが、どうしてもやる気になれなかった。寝袋に入って、目を閉じる。ここでは直立して、みのむしのように寝る。疲れて寝ようとすると、意外と眠れないということが増えてきた。年のせいだろうか。やっぱり無理にでもトレーニングをした方がよかったのかもしれない……、と思いつつもうとうとして、しばらく寝入ったかと思うと、ふと、誰かに呼ばれたような気がした。

私は目を開けて、寝袋から這い出す。ドアの外に気配はない。しかし、どうも誰かが、何かが私を呼びつけようとしている。周囲に、他のクルーの気配はない。隣の寝室のミロスラヴァは在室しているようだが、寝室には立って寝るだけのスペースしかないので、眠っているはずである。

私は、実験棟へとゆっくり浮遊していく。丸い窓の外を、何かがシャッとよぎったように見える。じっと眺めていると、何かはまたシャッとよぎる。誰かの注意を欲しがっているみたいに。

私は、少し怖くなって、ミロスラヴァの寝室のインターホンを鳴らす。しかしぜんぜん起きてくる気配はない。船外活動をした上に、ちゃんとトレーニングもしていたので、私よりも疲れているのかもしれない。おとといの交信では、パートナーのソランジュから、二人で飼っている猫の体調が思わしくないと聞かされて落ち込んでいた。彼女は私と同じように、あと二か月はここに留まらなければならないのだが、帰りたいと思う、と口にしていた。それでも、船外活動では何一つミスをしなかった。強い人なのだ。

しばらく待って、またインターホンを押しても、ミロスラヴァが起きてこないので、しかたなく、私は一人で実験棟に戻り、窓辺に近付く。シャッという動きをする何かは、その速度を緩めるように、ぬるっとした緩慢な動きになり、やがて、窓の外で静止した。その何かが、私を寝袋の中から這い出させたこともなんとなくわかる。面倒なことはやめてよ、と私は思う。

その何かは、ぱっと弾けるように拡大して、窓全体を覆い尽くした。半透明の、薄い紫色をしていた。頭の中に、直接声がするような感じがする。

月ってどっち？

私は、ふらふらとコンピュータのところに寄って、現在の正確な位置を確認して、また窓のところに戻る。

今は、あなたの後ろのその青いまるいのの真裏。

ありがと。

紫色は、しゅっと蒸発するように消えた。私は、妙に脳みそがひんやりする感じに頭を振りながら、寝室へと戻った。それからは、夢も見ずにとてもよく眠った。

＊

私は、動きが早い方ではなかったし、環境への適応能力も低いし、だいたいにおいてきょうだいが三億もいたので、当然そこにはたどり着けないだろうと思っていた。私よりも、他のほとんどのきょうだいのほうが元気だし、とてもやる気があった。

酸から身を守るために、きょうだいたちの中ほどにもぐりこんで、私はほとんど彼らに挟まれたまま好き放題に翻弄されて進んだ。痛い痛い、息苦しい、押さないで、と言っても、きょうだいたちはまったく私の言うことになんて耳を貸さない。こんなことは早く終わって欲しい。

突然、通路が狭くなる。いやだと思う。狭いところが嫌いなわけではないけれども、ぎゅうぎゅう詰めにはなりたくない。きょうだいのなかには意地悪な者もいて、わざと私にぶつかったり、私の前に割り込んだりする。狭いところに入ってしまったら、いったい何をされるのだろうか。本当に怖い。

私は、入り口の脇で、きょうだいたちが狭い通路に入り込んでいくのを少しの間待つことにした。酸がいやだったけれども、近くに死んだきょうだいが何十個といたので、彼らの死骸を盾にして身を守った。まだ生きているきょうだいたちがあらかた通路に入っていくと、私はその後について恐る恐る進んだ。

通路を抜けると、広い部屋に出て、今度は白くてイガイガした丸いものが、私のきょうだいたちを押し潰したり、体当たりで壁に叩きつけたりしていた。もういや、もういや、と思いながら、私は壁の近くをできるだけ地味な動きで進む。

イガイガに見付からないように、隠れて壁沿いを泳いでいると、少しずつ、匂いが漂ってくるのを感じる。私は、動きは遅いし体も強くないけど、嗅覚だけは鋭いのだ。私がくっついている壁とは逆方向の、奥の部屋から、その匂いはやってくる。私はふらふらとそちらへ泳ぎ出る。周囲では、イガイガにやられたきょうだいたちが、次々勢いを失って死んでいくのがわかる。

おい、なんでそっちへ行くんだよ。

後ろから怒鳴られる。

なんでって、こっちなんだもの。

そっちなのかよ。

彼はそう言って、私をひょいと追い抜かして、私が向かっていた奥の部屋へと向かう。

奥の部屋は、反対側にもう一つある。他のきょうだいたちは、まだ匂いの方向をつかめていないのか、どちらに行くか少し迷っているようだ。私は、しかたなく、自分を出し抜いた彼についていくことにする。もうつらいし、しんどいし、競争なんて飽き飽きなのだけれども、私たちはそうするしかない。死ぬか、そちらに向かうしかないのだ。

再び、壁際をそろそろと進んでいると、突然他のきょうだいの死骸が私のほうへと押し寄せてきて、目の前が真っ白になる。大きなイガイガがまた湧いて出てきて、さっき私を怒鳴りつけたきょうだいを、逆方向の壁へと押していって潰してしまった。私は、呆然としながら、それでも匂いのする奥の部屋へと進んだ。

周囲はもはや、死んでいるきょうだいの方が多かった。数少ない生き残っている者を見渡すと、私とは比べ物にならないほど元気だったり、友達にはなれないほどずるかったりして、どう考えても私に勝ち目はないように思われた。抜け目のないきょうだいたちは、振り返って私がじりじりと進んでいる方向を確認して、そちらへといっせいに流れていく。悲しい、と思う。方向が分かっているのは私なのに、どんどん先へ割り込まれてしまう。

奥の部屋への通路に差し掛かると、きょうだいたちは、何か力を得たように、不穏なまでに活動的になって、素早く泳ぎ始める。ああいうの、現金でいやだな、と私は思ったのだけれど、その私もなぜか活力を得て、きょうだいたちの後をついていく。もともと元気だった者は、勢いがつきすぎて、曲がり角を曲がり切れず、壁にぶち当たって自滅してしまう。私は、もともと慎重な方なので、なんとかうまく曲がり切った。

相当数のきょうだいが、曲がり角にやられてしまったのか、最後の部屋に辿り着いた者はだいぶ少なくなっていた。といっても、曲がり角の前の時点で二億九千万個以上のきょうだいが死んでいる。よく私が生き残れたなと思う。

匂いは、部屋にある生まれたての卵から漂ってきているようだった。小さいつぶつぶに守られている卵を、他のきょうだいたちと、これか、などと感心して眺めていると、どけよのろまが！　という声がした。振り返ると、壁を曲がり切れなかったものの、死にはしなかったすごく勝気で力の強いきょうだいが、私をめがけて突っ込んできていた。恐怖を感じて、私はそのきょうだいをよけようとした。しかし私はのろまなのだ。よけきれなかった。私は突き飛ばされ、卵の中に入っていった。卵を守るつぶつぶも、その奥の膜も一瞬で突き破ってしまうような勢いで。他のきょうだいたちの落胆の悲鳴が聞こえた。

ごめんなさい、と思った。私でいいはずがない。きっととろくさい個体が生まれる。なんとなくわかる。不幸ではないし、最終的にやるべきことの一つ二つは果たすのだけれど、回り道が多くて、とにかく他人の案内ばかりしている個体。

始まってしまった、という思いを最後に、私はきょうだいたちとの別れを知った。何もかもが、簡単にいくわけはないだろう。それでも幸多からんことを。

個性

夏期講習の三日目、板東さんはドクロのプリントのパーカを着て教室にやってきた。詳しく描写すると、骸骨が和風の鎧《よろい》を着て、刀を両手に構えている、という物騒なイラストで、私は心底驚いてしまった。

いや、べつに、何を着ようとその人の自由ではある。板東さんは、ドクロパーカはもちろんのこと、サッカー日本代表のユニフォームを着てきたっていいし、なんだったらそれがGKユニフォームであってもいいし、JRの車掌の制服であってもかまわない。スーツを着てこようと喪服を着てこようと、基本的には自由である。けれども、私の知る板東さんは、服屋のディスプレイを指さして、これをそのままください、というような服の買い方をする人なのだ。それも、十軒服屋があったら、その中でもいちばん落ち着いた色使いで、もっとも自然な素材を用いた店で、である。ようは無難なのだ。

それがなんで今日に限っては、無難とはかけ離れたドクロの侍なのか。着る服がなかったのか。でも洗濯は週に三回は必ずすると聞いているし、そんなことはないはずだ。

私は、いつもべつの友達にするように、板東さんに直接その理由を訊こうとしたのだけれども、ここが大学の図書館で、相手が板東さんであることを思い出して、それはやめておいた。板東さんはとても無口なのだ。しゃべるのがうまくないと自分で思っていて、好きではないらしい（メールや筆談はするので、コミュニケーション自体が嫌というわけでもないと思う）。筆談で問い合わせてもよかったのだが、今は班で課題をやっている最中なので、集中しているところを邪魔しても申し訳ない。訊いたら訊いたで、板東さんは一所懸命書いて答えてくれただろうけれども、それ故に悪い。

「あのさあ、森さんさあ、作業どのぐらい進んだ？」釈然としないものと、こなさなければいけない作業の間で逡巡していると、板東さんと私と同じ班の秋吉君が、私のところにやってきて、間延びした声でそう尋ねる。「森さんは進んでそうでいいなあ」

私が答える前に、秋吉君は、私の本を指さして、心底うらやましそうに言う。私の前で作業をしている板東さんは、顔を上げてちらりと秋吉君を見る。

「28ページまでチェックしたところ」

「まじかー。そんなとこまでいったのかー。えらいなあ森さん」

秋吉君は、自分の方の進捗状況については何も言わずに、席の方へと戻っていく。同じ班なので、離れて座るのも不自然な話なのだが、秋吉君はすごい暑がりを自称していて、空調が一番涼しいところに座りたがるのである。私と板東さんには、そこは寒すぎる。

板東さんは、秋吉君を一瞬だけ振り返って、また作業に戻る。秋吉君は、今日はカルロス・バルデラマのTシャツを着ていた。私も知らなかったのだが、やたらインパクトのあるその人が描かれたTシャツをよく着ているので、誰その金色のものすごいアフロにヒゲの人、と訊くと、バルデラマだと教えてくれたのだ。サッカーが好きなの？　という問いには、まあまあ、と首を振った秋吉君だったが、自分の知っている人の中でいちばん入ってくるんだよね、と意味のわからないことを言っていた。

バルデラマTシャツのほかにも、秋吉君は派手なTシャツをしょっちゅう着ている。チェ・ゲバラみたいな、どこでも買えそうなモチーフの時もあれば、ネルソン・マンデラ元大統領とかドストエフスキーのようなちょっと珍しい人の時もあるし、ヤドクガエルやカミツキガメがプリントされた毒々しいものもある。人であれ動物であれ、とにかく一定のインパクトがある対象と、鮮やかな色合いのものが好きらしい。板東さんとは対照的である。

むしろ、今日の板東さんのドクロ侍は、秋吉君が着ている方がふさわしいだろう、などと失礼なことを思う。板東さんは、そんな私の雑念などものともしない様子で、課題図書のページをめくり、メモを作っている。私は、まあ毎日毎日狙いすましたような無難を目指していたら、たまにこういう格好をしてみたくなる時があるんだろうな、とその時は考えを打ち切った。

＊

次の日、板東さんは髪を切ってアロハを着て、眼鏡をかけて登校してきた。いや、板東さんはかなり整った顔立ちの人なので、何をしてもだいたい似合うし、不格好というわけではなかったのだが、昨日のドクロパーカに続き、私がGW明けから、ときどき一緒に授業に出たり、二週間に一回ぐらい学食で昼ごはんを食べていた板東さんとは、まったく違う様子になっていた。

そうなのだ、私と板東さんは、ゼミのクラスの同じグループというわけではない。板東さんは基本的に一人でいて、私は一年の時からずっとつるんでいるグループに所属していたのだが、板東さんと私は、帰るバスが同じなので、顔を合わせたときは二人で話すようになっていた。十回授業に出席して、最後に班で課題のレポートを提出したら単位がもらえる、というこの夏期講習の授業には、板東さんから誘われた。学生課への申請期限の最後の日のことだった。私は、バイト先で店長ともめてやめたばかりで、働きすぎだったし、この夏は休もうと思っていたところだったので、その話に乗った。

そういう人じゃないのに、と思いながら、私は板東さんの何を知っているのかと自問する部分もあった。二日続けて、春から夏にかけての授業でのイメージを覆すような、いうなればどぎつい身なりをしてきた板東さんに対して、秋吉君は二日連続でバルデラマだった。Tシャツのボディは、昨日は黄色で今日は赤だ。今日も目がチカチカするねえ、と嫌味に聞こえないように陽気に言うと、自分なりに目を引くTシャツを集めてるだけなんだけど、と秋吉君は答えた。

「本当はこれがいちばんほしいんだよな」

秋吉君は、売ってたら教えてほしい、と私にスマホの待ち受け画面を見せてくる。顔と半裸の体じゅうに、耳なし芳一のように字を書いた、バルセロナにいた頃のイニエスタの写真で、まあ、かっこいいのはかっこいいのだが、Tシャツが欲しいとまでは思わない。私が、イニエスタが好きなの？　それとも耳なし芳一的なことが好きなの？　と尋ねると、秋吉君は、うーん後者かなあ、と生真面目な様子で答えた。

肩口に気配を感じたので、軽く振り返ると、板東さんが眉間にしわを寄せて、真剣な顔で秋吉君のスマホを覗き込んでいた。私は、ちょっと驚いたので、秋吉君、変わってるよね、と間を持たせるように板東さんに言ったのだが、板東さんは、ただ顔をしかめて、やがて私から離れて首を振っていた。

秋吉君は、今日のノルマは早めに終わらせたからごほうびに写真集でも見るか、と大きな声で独り言を言いながら、席に戻っていった。小脇には、体中に色とりどりのペインティングをして、植物で頭部を飾ることで有名な、オモ族の写真集を抱えていた。板東さんは、相変わらず顔を歪めたまま、秋吉君を一瞥して、課題に戻る。私は、この状況というか、板東さん、秋吉君、私、というこの班の空気そのものに、どうも違和感を感じて、しかしそれがどういうことかは説明できないというむずがゆい状態のまま、閉じていた本を開いた。

さらに次の日、板東さんは、今度は大阪の商店街のおばちゃんが身に着けているような、トラが正面に向かって口を開けているTシャツを着てきた。私が、ええと、と言葉に迷いながら、トラを指さすと、板東さんは、みなまで言うなという様子で悲しそうに首を振り、着席した。夏期講習五日目にして、板東さんはいよいよ、私の知っている板東さんではなくなってきているようだった。どうしたのか。何か悩みでもあるのか。泥棒に入られて服やコンタクトレンズを全部盗まれて、同じアパートに住んでいる人たちに借りたりしているのだろうか。それでも、髪を切ったことは説明できない。

私は、ここ数日の板東さんの変わりように、ちょっと油断していられないものを感じていたのだが、秋吉君は、板東さんのTシャツを指さして、トラー、とのんきに喜んでいた。板東さんは、ぶすっとした顔で秋吉君をしばらく睨んでいたかと思うと、秋吉君の視界からトラを消すように、右向け右で私たちから離れ、背を向けて課題に取りかかった。

「トラが行っちゃったよ」

「トラじゃないよ、板東さんだよ」

「え、板東さんなのか」

秋吉君は、不思議そうに宙を見つめていたかと思うと、やがて、おかしいなあ、と首を振りながら、自分の好きな空調の涼しい席へと歩いていった。

なにもおかしくないだろ、いや最近の板東さんはおかしいっちゃあおかしいけど。私は、とりあえず手近な席に座り、やがて班の三人が全員離れて座っているという状況の居心地の悪さに耐えられなくなり、バッグをひっつかんで板東さんの隣へと滑り込んだ。板東さんは、何か物言いたげな顔をして、私を少しの間見たかと思うと、やはり真面目に課題に取りかかり始めた。

＊

その日は金曜だったので、友達の部屋でかき氷パーティーをやるために、いつもとは違う方向の電車に乗ったら、そちらの方向に帰るのであろう秋吉君が、どうしたんだよ、と声をかけてきた。人なつこい人なのである。

「板東さん、今日初めて来たよね」

秋吉君がそんなことを言うので、私は驚いて、何言ってんの、ずっと来てるよ、と答えた。

「え、だから講習に登録してるんだけど、実際に出席したのは初めてじゃないの」

「いや来てるよ」

「来てなくない？」

「トラとか言ってたじゃない」

「トラはトラだよ」

なんなのかこのやりとりは。埒があかないものを感じたので、秋吉君、疲れてるかちょっと目が悪いんじゃないの？　と言うと、秋吉君は、はっとしたように身を引いて、うーんどうかな、と眼鏡を外して、急にそわそわしながら、かばんからクロスを出して拭き始めた。

「本当に板東さんが見えてないの？」

ちょっと決定的なことなので、恐る恐るそう訊くと、うん、と秋吉君もおずおずとうなずく。板東さんだけ見えてないの？　とさらに尋ねると、わからない、と秋吉君はなんとも頼りない答えを返す。試しに、同じゼミの学生である十五名の名前を挙げていくと、板東さんのほかに、もう二人の男女があやしく、一人の男子のことを確実に把握していなかった。板東さんを含めたその四人は、みんな真面目に授業に出ているし、特別存在感が薄いというわけではない。

また矯正してもらった方がいいのかなあ、と秋吉君は言いながら、眼鏡をかけたり外したりする。とんでもない近眼だったりするの？　と訊くと、なんだろ、子供の頃に診断されたんでよく覚えてないんだけど、乱視の変わったやつみたい、と秋吉君は言う。

「拾える顔とそうじゃない顔があるんだよ」

言うなれば、見える人と見えない人がいるんだ、と秋吉君は続けた。あまりに変な話なので、私は思わず、私のことは見えてんの？　と訊くと、森さんは眼鏡の縁が緑色とかだし、そばかすが多いから見える、とちょっと失礼なことを言う。

この車両の中でも、見える顔とそうじゃない顔がある、と秋吉君は言う。あの人はどう？　と、乗客をこっそり示したり、吊り広告を指さしたりして、見える見えないにどういう傾向があるのかを探ると、秋吉君に見えないのは、化粧品の広告の白人女性モデル、シェービングクリームの広告の、やはり白人の男性モデルが見えないということがわかった。秋吉君は、今日は外人だけですんだか！　とちょっと威張って言っていたが、秋吉君に板東さんが見えていなそうなことに関して、あまり参考にはならなかった。

このことを板東さんにどう説明しようか、そもそも私が説明すべきことなのか、とうだうだ考えながら、秋吉君と別れて、友達のアパートへと向かった。秋吉君の不思議な性癖というか、症状について言及するのはよしておいたけれども、代わりに、板東さんの服装がどんどんあさっての方向へと変化していることについて話すと、でも、私もGW明けに板東さんを見かけた時はびっくりしたよ、とかき氷に参加した一人が言い出した。訊くと、板東さんは、GW前までは髪の毛が緑色だったのだが、連休明けに突然黒髪に戻して、それまで尖った感じだった服装も、それこそナチュラル系の服屋のディスプレイそのままになってしまったという。

私は逆に、四月は花粉症がひどくて体調が悪く、自分のことにいつも以上に必死で、ゼミで見かける緑色の髪の毛の子は、GW明けに休学したものと思いこんでいたので、その話に驚いた。どうしてGWを境に、板東さんが髪の色も服装の趣味も変えてしまったのか、その場にいる誰もが説明できず、謎は深まるばかりだった。

やっぱり何か、悩んでるのかもしれない、力になってあげた方がいいのかもしれない、でも、本人が何も言わないとおせっかいになるし、ぜんぜん私たちになんか事情を知られたくないのかもしれないし……、とその場にいる参加者たち（全員女子）で勝手に心配していると、誰かが、そういや、板東さんの顔って完全な左右対称に近くない？　と言った。私は常々、それに近いことは考えていたので、その場では、そうそう、と同意しながら、もしかしたらそのことに、秋吉君が板東さんを視認することができない原因があるのではないか、と疑ったが、ちゃんとした答えは出なかった。

＊

次の日は土曜日で、昼前に起きたら、板東さんからお茶のお誘いのメールが来ていたので、板東さんの部屋の近くの古い喫茶店に行った。軒先のテントが日焼けしていて、ガラスのくすんだ陳列ケースの中に色あせた食品サンプルが置いてあって、筆ペンで商品名と価格を書いた札を付けているような店なのだが、安くておいしいので、その店には板東さんとだけときどき行く。その日の板東さんは、夏期講習に入る前のような落ち着いた格好をしていた。しばらく奇抜な格好ばかり見ていると、こちらの方が見慣れなくなってくるなあと思う。現金なものだ。

いつも私が板東さんと話す時のように、私ばかりが話をした。秋吉君が、板東さんを認識できていないということを打ち明けようとしたのだが、どうしてもどう言ったらいいかがまとまらず、結局私がバイト先の店長とどれだけ折り合いが悪かったかという話に終始した。実はさ、その店長、顔で時給決めてたんだよ、お気に入りの女の子はこっそり昇給させてて、その代わりに、休みの日にどっか行こうとか言ってたりしてたんだってすげえきめえ、などという私の起伏の激しい話に、板東さんは、そうなの、とか、驚いた、とか、そうだよね、ぐらいのことしか言わない。べつに、私なんかね、と言って、自分の話をし出したりはしない。対面の時は、あくまで聞き役に徹するのである。二人の会話における私の発声率が95％としたら、板東さんは5％ぐらいだ。最初は、ぜんぜん話さない板東さんに戸惑ったものだったが、別れてから、すごく丁寧な私の話に関する感想や意見のメールが来て、そういうことが何度か続いたものだから、単に無口な人なのかな、自分ばかりが話す付き合いをしていい人なのだな、と思うようになった。なので、板東さんとは、会っている間ではなく、会った後がやりとりの山場なのであると言える。その日も、解散して家に帰ってから、『すごく大変でしたね』というメールが来た（ちなみに板東さんは、一回のメールがかなり長いので、LINEは使わない）。曰く、『別の女の子が自分よりこっそり時給を上げてもらってたのは腹の立つことなんだけれども、それはそれでその店長の相手をしないといけないから、一時間数十円のことでそれを避けられた森さんは、ある意味幸運だったと言えますよね』とのことで、私は、そう、それはそう！　と口に出して深くうなずいた。

板東さんはいい人だと思う。そう考えると、改めて、秋吉君のことだとか、板東さんの最近の服装が妙だとかいうことを、自分は避けて通るべきではないような気がしてきた。なのでとりあえず、自分の話に対する感想に感謝を述べたのち、『話は変わるけれども、最近服装の趣味が変わったね。あ、もともとああいうのも着る方だったっけ？最近暑いもんね』と書き送ってみる。すぐに私は、差し出がましいことを言ったんじゃないかと後悔したが、わりにあっさりと返信は来た。

『同じ班の秋吉君は、どうも目が悪いみたいだから、夏期講習では、わかりやすいように派手な格好をするようにしています』

それでも秋吉君に板東さんは見えていなかったりするのだが、昨日、服にプリントされたトラが見えたことは、いい兆しだったりするのだろうか。

というかそもそも、板東さんはどうしてそんなに秋吉君に視認されるべきだと思っているのか？

『板東さんは、秋吉君のことをよく知ってるんですか？　去年までに同じ授業を取っていただとか？』

言葉を選んで、外堀から埋めていくような文面を送信すると、またすぐに返信が戻ってくる。

『秋吉君のことは、三年のゼミで一緒になる前は知りませんでした』

『じゃあ、特に親しいというわけではないんだね。秋吉君にそんなに気を遣わなくてもいいんじゃない？』

やっぱり差し出がましいな、と思いつつ、心中では恐る恐る提案してみると、直前のやりとりよりは時間がかかったが、返信があった。

『四月はしゃべってたんです。私が頭を緑色にしてた頃は。よく話しかけてくれてたし、校内の本屋さんで教科書が最後の一冊で取り合いになりそうになった時も、自分は古本屋で見かけたことがあるからって譲ってくれました。私が学食で、お惣菜のワゴンにリュックを引っかけてしまって、器をたくさん割った時も、どこからかやってきて掃除を手伝ってくれました。私があやまると、頭が目立つから、と秋吉君は言って、お礼を言おうとしたらもうどこかに行っていました』

なるほどいい人だったのだ。秋吉君は。

『その後私は、ゴールデンウィーク前のゼミの飲み会で、本橋君に「そんな頭で就活どうすんの？シーズンに入る直前に急いで戻したって、心がついていかないよ？」とか何回も言われて、気にしないでおこうと思ったんですけど、結局連休中に頭の色を黒くしてしまいました。服も無難なものにしました。そしたら、秋吉君が私に話しかけてくることもなくなりました』

もとはし、あああの企業研究サークルやってる男か、と思い出す。他にもいろいろと噛んでる口のうまい男で、男女問わず目立つ学生が常に周りにいるため、店長に容姿で昇給を据え置かれた私のような女は湊もひっかけられたことがない。でも本橋がなんで板東さんにそんなクソバイスしたんだろう。もしかして板東さんの顔が左右対称っていう素質に惹かれて、自分のいいようにしてやろうとでも思ったんだろうか。

自分から秋吉君に話しかけたりはしないんですか？　と訊くと、私は声が小さいんで、という答えが返ってきた。秋吉君は、耳もあんまり良くないらしく、ある時、自分が言ったことを四回ぐらい聞き返されて、板東さんはどうも秋吉君とコミュニケーションを取る自信を無くしてしまったそうだ。

『小さい頃に吃音だったんで、口で話すのは苦手なんです。でもぜんぜん人と関わりたくないとかではないんです』

現に、板東さんと私は、二時間お茶を飲んでそれぞれ家に帰り、四時間ぐらいだらだらとメールのやりとりをしていた。本橋の言うとおりに髪の色を黒くしたが、直後の授業で顔を合わせた時に、「その方が似合ってるね」などと言われて気分が悪くなり、トイレで吐いたそうだ。そこまでになるのなら従わなくていいだろとも思うのだけれど、板東さんも就活は怖いらしい。

私も、何とも言えなかった。頭を緑に戻すのがいちばん秋吉君に対して見える化するのはわかるのだが、服装で工夫できるんならそれに越したことはない、という、現状維持の意見しか出てこなかった。とにかく、板東さんがこの状況に疲れを感じているということはなんとなくわかった。

＊

休み明けに、板東さんは、もはや完全にやけになったのか、アフロのヅラにバルデラマTシャツでやってきた。教室中の注目を浴び、講師にも、あの、どうしたの？　と訊かれていたが、板東さんは、散髪に失敗しまして、と小さい声で答えていた。秋吉君だけはご機嫌で、バルデラマだ！　と指差していた。私には秋吉君が、空気を読まない幼児であるが如く思えてきて、舌打ちをしたり、睨んでみたり、話しかけられても答えないようにしていたのだが、秋吉君は、実家からすだちを送ってきたから、と分けてくれようとしたり、あまりこたえていない様子だった。

今日の捨て身の格好で、一発で視認された板東さんは、その結果にもかかわらず、完全に失望しているように見えた。それはそうだろう。ずっとバルデラマでいられるわけがない。

その次の日から二日間、板東さんは学校を休んだ。具合が悪いので、というメールをもらってはいたのだが、原因が秋吉君であることはわかりきっていた。板東さんは単位を捨ててしまうのか、でもとりあえず授業に出ていなくても概要がつかめるようにノートはちゃんととっておこう、といつもよりもがんばって、講師の言うことを聞き洩らさないように授業に集中し、休み時間に読み返して整理していると、ねえ、いないよね、と秋吉君に唐突に声をかけられた。

「全部秋吉君のせいなんじゃないの」

秋吉君は、誰がいないということは明らかにしなかったので、板東さんのことを話しているとは限らないわけだが、なんだかそういう雑な物言いにも腹が立って、とにかくこの場の違和感その他は全部お前のせいだ、と投げつけるつもりで、私は言った。

秋吉君は、まばたきをしながら教室をきょろきょろと見回して、出入り口なども何度かチェックしたのち、やっぱりそうか、としょんぼりした様子で言った。

「失礼なことをしたんだよな」

「いるっていうことはなかなかわからないのに、いないっていうことはすぐにわかるの？」

秋吉君は申し訳なさそうに、そうだな、と言った。

「それなんか図々しくない？」

「そうかも」秋吉君は、さらに殊勝な様子で肩を落とす。「空気がきれい、っていうだろう。ああいうのはなかなかわからない。あっと思うことがあっても、しばらくそういうところに身を置いていないと、そうだったのか、とは思わない」

「知らんわ」

「そりゃそうだよなあ」

授業が終わった後も、秋吉君は意気消沈しているようで、とぼとぼと帰っていった。板東さんの連絡先を教えようか？　と言いそうになったのだが、板東さんがそれを喜ぶかどうかわからないと思い直して、口をつぐんだ。

＊

板東さんの欠席が三日目に入ると、私は、さすがに秋吉君と話し合ってもらった方がいいんじゃないか、という気になってきて、秋吉君にアドレスを教えていいか、という打診をすべきかしないべきかでそわそわし始めた。なので、授業が終わり、すだちがまだ余ってて使い切れそうにないから、もっと受け取って欲しいんだけど、などと言いながらついてくる秋吉君にもおざなりな対応をしながら、スマホのアドレス帳を出したり消したりしていると、あ、板東さん、という声をあげて、後ろを歩く秋吉君が足を止めた。今日の板東さんは、普通の格好をしていた。

板東早矢香でスガ私ガ見エマスカ？　食堂でハ、アリガとうございマした。

「ま」「は」の下の方とか「す」の中ほどのくるんとなったところ、「え」や「あ」のぐねぐね感が苦手だったんだろう、と私は思った。

鏡を見ながら、眉描きペンシルで自分の顔に字を書くためには。

「いやいやもういいだろう」私は、もはや何も考えることができず、バッグを探って、駅前でもらって入れっぱなしになっていた試供品のメイク落としシートを、板東さんに押し付ける。「もういいよ、そりゃ見えるよ」

秋吉君は、何も言わずに、口を開けたまま佇んでいるだけだった。板東さんは、ひどく苦々しい顔をして、シートで顔を拭く。なんなんだ、この努力は、ときっと思っている。

「板東さんの気配がわかる」しばらくして、秋吉君は口を開いた。「それは自分にとって心地いいんだ」

見えなくても心地いいんだ、と秋吉君は付け加える。頭の色を戻してくれたらもっと見えやすくなるけど、今もぜんぜん見えないわけではないという。板東さんは、メイク落としシートを手の中で丸めて、顔を上げる。額のあたりに、少し拭き残しがある。

「就活は何月からだっけ？」

板東さんの声は、やはり細くて小さかったけれども、空気の隙間を縫って届くような明瞭さがあった。秋吉君は、十月から校内の説明会が始まると思う、と答えた。

「とにかくそれまでは元に戻すよ」

秋吉君はうなずいた。何回も何回も。そうしていたら焦点が合って、さらに少しずつ板東さんが見えてくるとでもいうように。

私はその場を去ることにした。おそらく、一定の役割は果たしたと思う。板東さんが、脅しつけられて作った姿ではなく、本来の自分に戻るのなら、今度は私がそれに慣れる必要があるのだろう。まあでも、秋吉君じゃあるまいし、べつに難しいことでもなさそうだったけれども。

浮遊霊ブラジル

私はどうしてもアラン諸島に行きたかったのだけれども、生まれて初めての海外旅行に行く前に死んでしまったのだった。七十二歳だった。自宅で心不全で倒れているところを、ヘルパーの大園さんに発見され、葬式や何やがあった後、私は灰にされてしまった。

べつに悪い人生じゃなかったので、私はそのままこの世からいなくなるつもりだった。子供を持つことは叶わなかったし、妻のフキ江が亡くなってからの五年の間、さびしいとか孤独だと感じなかったというわけではないけれども、改めて家事を覚えたり、ベランダで野菜を育てたり、山歩きをしにいったり、まあまあ町内会の活動に精を出したりしながら暮らしてきて、こういう時間の過ごし方も人生の終盤の一部なんだろうと考えがまとまりかけていたので、そのまま亡くなることがあっても、私は特に思い残すこともなくフキ江のもとに行く予定だった。

しかしである。この数か月の間に、にわかに町内会で旅行に行こうという案が持ち上がったのだった。週一の会議の後のお茶で、副会長の仲井さんが、そういえば自分は海外旅行に行ったことがない、と漏らしたところ、会のメンバーが我も我もと、自分も行ったことがない、と同意し始めた。私もそのうちの一人だった。それで、こうなったらもう、行ったことがない者だけで旅行会社に相談を持ちかけ、ガイドをつけてもらって、おのぼりさん旅行をしようではないか、という話になった。そして、日本から考えうる限り遠いところに行くのである。ものすごく疲れそうだけれども、全員が同年代で、同じように海外旅行が初めてで疲れやすいのであれば、のびのびと思う存分疲れられるのではないか。恥をかいてもしんどくなってもお互い様だ。

我々はそれから、会議の後に行先について相談するようになった。パタゴニアやサーリセルカやアンカレッジやケープタウンなど、さまざまな行先が提案されたが、最終的に、静かそうなので年寄りにはいいかも、ということで、アイルランドのアラン諸島に行先が決まった。

それから三週間後に、私は亡くなったのだった。私は自分でも思ったよりアラン諸島に行きたかったようで、そのためスムーズにあの世に行くことはままならず、幽霊として現世にとどまることになってしまった。

幽霊になってから、いやしかし待てよ、私は透明人間のようなものになったわけだから、交通費もいらなくなったことだし、一人でもアラン諸島に行けるのではないか、とあまりよく考えずに、地元の駅に行ってとりあえず空港に向かう方面の電車に乗ろうと試みたのだが、電車は私をすり抜けていくばかりで、いっこうに乗ることができなかった。いやいや、電車に乗れないだけかもしれない、とけっこうな長い距離を漂って、朝から夕方までをかけて空港に行き、飛行機の近くまで行ってみたのだが、やはり飛行機も私をすり抜けてしまった。このあたりでようやく、交通費がただになってどこへでも行けるどころか、自分がだいたい生前に徒歩で行けた範囲までしか浮遊できないということに気が付いたのである。

この事実は大きな驚きであり、失望をもたらした。そんなになんでもすり抜けられるのなら、と気晴らしに女湯に行ってみたが、風呂に入っているのがだいたい自分と同い年ぐらいかそれ以上の年のおばあさんなので、二、三回で行くのをやめた。より若い女性の集まる女湯を探すという手もあったが、なにしろ生きている人と話す手段もないし、インターネットに頼ろうにも、パソコンもスマートフォンも私の手をすり抜けてしまうのでだめだった。

ただとにかく時間はあるので、どこまで漂っていけるのかと試みてみたのち、眠らなくていいし、疲れもしないものの、単純に漂い続けることは飽きてしまうのだということに気が付いた。ひたすらアラン諸島のある西へと漂い続けて、何年後かにアラン諸島にたどりつくという手もあるかもしれない。けれども、陸地ならまだしも、日本海に出た際に、ただ海上を何日も漂って西を目指すという状態は、想像するだけでもぐったりするものを感じた。反対側の、太平洋からアメリカ大陸を横断し、大西洋を横切って、というルートなんてもってのほかである。

あらゆる交通手段が自分をすり抜けることを発見し、女湯にも希望が持てなくなった私は、そうかこれが現世に遺恨を遺してしまうことの苦痛なのか、としみじみ実感しながら、毎日無為に町内をうろうろして過ごした。とても暇だったので、集会所での町内の会合は毎回欠かさず聞きに行った。そこで私がそこそこ惜しまれていること、いちばん旅行に行きたがっていたのは私なので、私に悪いし旅行に行くのはやめようという話し合いがなされていることを知った。いやいやいや、と私は焦った。いちばん旅行に行きたがっていた私が死んでも、二番目三番目に旅行に行きたがっていたあなたたちがいるじゃないか、と。私の死のせいで、町内会のみんなの楽しみが奪われてしまうのは忍びないので、私は幹事である副会長の仲井さんの耳元で、だめです、私にはかまわず旅行に行ってください、お願いします、ますます成仏できません、と言い続けた。仲井さんは、そんな私の願いなどつゆ知らず、私たちが三田さん（私である）を差し置いて海外に出かけるのは、やはり一年はよしておいた方がいいのではないか、またその時が来たら話し合おう、そしてその時、三田さん以上に海外に行きたい者が現れたら、再び旅行の計画を立てようではないか、と発言して、他の人々の賛同を得ていた。

いやいやいやいや、そりゃ私も町内会の集まりを見物することができなくなるからあなたたちが旅行に行っている間はより暇になってしまってつらいものがありますが、そのぐらいがまんしますよ、なんだったら少し離れた銭湯を開拓して女湯で時間を潰します、と私は仲井さんの耳元に話しかける。こんなに耳元で大声を出しているというのに、仲井さんには聞こえず、仲井さんは、本当に三田さんはアラン諸島に行きたがっていた、セーターを買いたがっていた、と何度目かの同じ文脈で私を偲ぶ。私は、違うんです、セーターも買いたかったけど、崖の上から大西洋が見たかった、と絶望的な思いで訴えながら、同時に、どうやったらある程度確実に女湯で私より若い女性を見ることができるのかについて、考えが浮かぶのを感じる。追い詰められていたからだろうか。そういうわけで、わかった、スーパー銭湯に行けばいいんだ！　と仲井さんの耳元で叫んだ瞬間、不思議なことが起こったのだった。私は、自分が突然仲井さんの耳の中に吸い込まれていくのを感じた。掃除機に吸い込まれるごみはこんな気持ちなんじゃないか、というう、生まれて初めて、いや、死んで初めての吸引されるという体験に身を任せ、我に返った瞬間、私は自分が仲井さんの目を通して町内会の仲間を見ていることに気が付いた。仲井さんが、コーヒーを注ぎ足そうと立ち上がってサーバーのところに行くと、私の視点も椅子から上がって仲井さんの手元を見ていて、空になったコーヒーカップの内側のしみの高さにあたりをつけて、注がれていくコーヒーを凝視している。仲井さんが椅子に座れば、私も座る視点になる。私はしばし呆然として、仲井さんと視点が同一化する状態を味わう。

集まりが解散しても、私は仲井さんと一緒にいて、仲井さんがジャンパーを取る手元や、仲井さんが集会所のドアを閉めて施錠する様子を仲井さんの視点から見ていた。浮遊霊の私は、思わぬきっかけから、人に憑りつくという技術を身に付けたようだった。

仲井さんに憑りつくことで、私は電車やバスなどの交通機関を利用できるようになった。もちろん行先は選べないのだが、あれほど電車に乗れないことで悩んでいたことを考えると、大きな進歩ではある。仲井さんの行動範囲に限られているが、ただ単体で浮遊している時よりも、行ける場所は増えた。孫と野球を観に行ったり、奥さんの陶芸教室のお迎えに行ったり、息子さんの仕事の話を聞いたりした。私は純粋に仲井さんの視点を借りているだけで、仲井さんの考えていることについてはまったくわからないことをちょっとありがたく思った。私はまだ幽霊になって間もないし、仲井さんの頭の中のことを引き受けている余裕はないと思ったからだった。

とはいえ、仲井さんの息子さんが、妻が浮気しているということで悩んでいるだとか、仲井さんと奥さんの仲は冷め切っていて、仲井さん自身は婦人会の副会長である槙原さんといる時のほうが、奥さんといる時よりも喜びを感じている、というようなことはうすうす見えてきた。それをとがめるわけではない。そういうこともあるだろうと思う。私はフキ江が亡くなるまで、結局自分にはこの人だったとずっと思っていたし、フキ江が亡くなった後もフキ江より自分に合う人を探そうとは思わなかったけれど、幽霊になった今、スーパー銭湯を覗きに行こうと思ったりもするし。

仲井さんが、しばらくは旅行に行かないということを奥さんに打ち明けると、奥さんは、それじゃ私も旅行に行けないわね、と少しがっかりしたような顔をした。では二人でアラン諸島に行けばいいんじゃないでしょうか、そうしてくれたら私も行けるわけだし、と私は仲井さんに話しかけたが、私は仲井さんの頭の中にいるわけではなく、ただの二人羽織のような状態なので、仲井さんに私の言葉は届かなかった。

仲井さんと一週間も過ごすと、だんだん仲井さんの生活にも飽きてきた。最初はまったくの他人の生活なので目新しいこともいくつかあるのだが、基本的には私の知っている仲井さんの生活で、特に遠出をするというわけでもない。仲井さんの夫婦生活や、仲井さんの周囲の人の現状に興味がないことはなかったが、私はべつに他人の生活を覗き見ることに遺恨を遺して亡くなったのではなく、旅行に行きたかったわけだから、仲井さんのパーソナリティについて深く知ることになっても、あまり意味はなかった。

そういうわけで私は、早くも仲井さんからの乗り換えを考えるようになった。もうこうなったら、国内のどこかでもいいから、旅行に行きたかった。そういえば、仲井さんの息子さんが仕事の話をするときに、「出張が続いていて」と言っていたことを思い出したので、私はそれに賭けることにした。人から人へと乗り換える方法は、偶然仲井さんに乗り移ってしまったことを考えるとノウハウに欠けて心もとなかったが、とにかく現場で尽力することが肝要である。私は、仲井さんが息子さんと話している際、自分が仲井さんに憑りついた時のことを思い出しながら、仲井さんの耳から少し這い出して、できるだけ仲井さんの息子さんの耳に近寄り、「スーパー銭湯に行けばいいんだ！」と仲井さんに偶然憑りついた時と同じ言葉を叫んでみた。

結果から言うと、私の試みはまんまと成功した。私は仲井さんの耳の穴から飛び出し、代わりに息子さんの耳の穴の中へと吸い込まれていった。死んでから二回目の、ごみが掃除機に吸い込まれるのはこれかという感覚であった。

息子さんは、仲井さん夫婦に息子を預けて、その日は仕事に出かけ、その帰りにスーパー銭湯に寄った。息子さんは仲井さんより感受性が強いようだった。私は、まだ二回目の乗り換えが成功しただけだから、と自分を戒め、息子さんから出て女湯を見に行くということはしなかった。

出張目当てで仲井さんの息子さんに乗り換えたものの、息子さんはなかなか出張に行く気配は見せなかった。どうしてなのだろうか、と息子さんの職場である商社を、息子さんの視点を借りながら見て回ったのだが、どうも息子さんは今月、海外戦略部から総務部人事課に転属になったようで、慣れない業務をこなしながら、エレベーターで会う以前の同僚に、内勤はどうも体がなまって仕方がないよ、というようなことを話していた。息子さんは、私が乗り換えた日にスーパー銭湯に行ってから、よほど疲れが取れたのかして二日に一度のペースで通うようになっていたが、私はべつにスーパー銭湯の女湯を覗きたかったという理由で遺恨を遺して幽霊になったわけではないので、あまり意味はなかった。暇つぶしで女湯を覗くのはいいかもしれないけれども、私の真の目的は、旅行に行くことなのである。できればアラン諸島に。

そういうわけで私は、またすぐに乗り換えを考えることになった。仲井さんの息子さんの妻は、もうとうに別の男に乗り換えて家を出ていて、息子さん自身も、前の部署の女性とたまにデートのようなことをしており、それはそれで気になったのだが、知り合いの息子の恋愛について深く知るために幽霊になったのではないので、その件については私は上の空だった。

その女性、市岡さんは、仲井さんの息子さんと同い年の女性で、スーパー銭湯の効用について熱心に話す息子さんの話を静かにうなずきながら聞いている、できた女性だった。ただ、ずっと息子さんに何か言いたいことがありそうでありながら、今度休みの日に、スーパー銭湯をはしごしてみようと思うんだ、君も来ないか、と勢い込んで話す仲井さんの息子さんに気圧《けお》されて、言い出しかねている様子だった。浮かない顔をしながらも、市岡さんは、私も行きたい、と息子さんに同意し、息子さんは、じゃあ再来週の日曜ぐらいなら、両親に息子を預けられるかもしれないから、空けておいてくれ、とうれしそうに言った。市岡さんはやはり、何かかげりのある表情をしながら、楽しみにしてる、と答えた。

店の勘定をすませながら、息子さんは、やっぱり息子を連れていきたいけど、君の負担になるといけないし、と、「いいですよ」と言われるのを期待しているかのような口調で、市岡さんを振り返った。市岡さんは、「息子」という言葉を聞くと、何かより気遣いを誘発されるのか、口角を上げて、いつかね、と短く答えた。確かに、相手の離婚が成立していない段階で、その子供に会うのは気が引けるだろう。

市岡さんは結局、その日は仲井さんの息子さんに対してずっと物言いたげでありながら、何も自分から言うことはなかった。仲井さんの息子さんは、転属したばかりだし、市岡さんとの関係も構築していきたいということで手いっぱいな様子で、その市岡さんの憂鬱にもいっさい気が付かず、人は好いがやや鈍感なところもある青年だなという感じがした。いや、男はそのぐらいでいいだろうとは思われるが。

別れ際に、私はどうしても市岡さんの憂鬱の理由が知りたくなって、仲井さんの息子さんの耳から頭を出し、軽い接吻を交わす市岡さんの耳の中に入ってみることにした。乗り換え三人目にして初めて女性の中に入るのは緊張したが、憑りつくこと自体は簡単にできた。

私が出ていった後、仲井さんの息子さんは、どうしてだろう、前ほどスーパー銭湯に行きたくなくなった、などと言い出したので、彼はもしかしたらすごく仕方のない男なのかもしれない、という考えが一瞬よぎったものの、市岡さんに影響を与えてはいけないので、極力仲井さんの息子さんについては悪いことを考えないようにした。

市岡さんは、なかなか器量の好い女性で、昔のフキ江にどことなく似ているような感じがした。自宅は、私鉄の各停の駅から歩いて八分のところにあるアパートで、部屋はとてもこざっぱりとしていた。家の近くのコンビニでビールを買って帰宅した市岡さんは、晩酌の前に風呂に入ることにしたのか、おもむろに服を脱ぎ始めたので、私はとても焦った。ここで思いもよらず、私より若い女性の入浴に立ち会うことになってしまったのだが、若い女性の風呂が見れなかったことが私が幽霊になってしまった遺恨ではないので、私はずっと市岡さんの目を通して風呂の壁と天井の継ぎ目を見ていた。

市岡さんの憂鬱の原因は、次の日に出社してすぐに判明した。市岡さんのデスクに、ロナウド・カルリーニョス・サントス、という人物から花輪が来ていたからだった。なんというか、花束ではなくて、お店の開店に贈られるような花輪で、「リオで待っていいます」と毛筆ででかでかと書かれた半紙が付けられていた。私は、ロナウドさんの感性以上に、いくら指示されたからってこんな仕事を請け負う花屋をどうかと思った。

市岡さんは、隣のデスクの女性と、またロナウドさんから、だとか、あさって来日するらしいですね、などと話し合ったのち、彼女と協力して、花輪をフロアの隅へと移動させた。彼女たちの話によると、ロナウドさんはリオデジャネイロのIT長者で、この会社の顧客なのだそうだ。今年から、日本戦略に非常に力を入れていて、会社で唯一ポルトガル語のできる市岡さんは、ロナウドさんとの窓口として活躍しているらしい。

もはや誰かに憑りついて旅行ができるなら国内でもいい、となっていた私にとって、ロナウドさんが来日する話は思わぬ幸運であるように思えたが、それ以上に耳寄りな話がその日の定時近くに舞い込んできた。なんと、ロナウドさんが会社にやってくる日の午前中に、アイルランドのダブリンからも、顧客の秘書が打ち合わせにやってくるというのである。もしかして、と私は動悸が速まるのを感じた。もう心臓は止まってしまった後なのだが、そんなことはどうでもいい。

そりゃあもう、ダブリンだろう、と私の心は決まった。間違ってリオデジャネイロになんて行ってしまったら、一生アラン諸島には行けないかもしれない。いや私の一生は終わっているわけだが、そんなことはどうでもいい。

などと希望に満ちて待っていたのだが、私はダブリンから来たスティーブンへの乗り換えに失敗してしまった。代わりに乗っているのは、ブラジルに帰るロナウドさんである。午後に会社を訪れたロナウドさんは、忙しい合間を縫って、市岡さんへの求婚のために日本へやってきたわけなのだが、市岡さんが社長はじめ役員たちと相談したところ、やはり正直に、結婚を前提に付き合っている男性がいる、と話そうということになった。その話を聞いたロナウドさんは、たいそうがっかりしていたが、ミキ（市岡さんの名前だ）が離婚する日が来たら、私を婚約者候補のリストのトップに加えてくれ、というようなことを言い残して、会社に対しては今まで通りの契約を継続し、日本を後にしていった。

というような顚末など、私は知る由もないというか、知りたくはなかったのである。私は午前中に会社に来たスティーブンの耳の中に入って、ダブリンに行く予定だったのだから。

市岡さんから、アイルランドから来る顧客の秘書に乗り換えて、ダブリンに向かい、アラン諸島に渡る機会を待つ、という計画は、一見簡単なように思えたのだが、まさかスティーブンが一二〇キロの巨体の持ち主で、花束を持って息せき切って会社に駆け込んできたロナウドさんと廊下でぶつかるなんて予想できたことではなかった。

壁の方によろけたスティーブンは、どこか体を悪くしていたのか、そのまま軽く頭を打って数秒意識を失い、いったんはスティーブンの中に入った私は、チューブから絞り出される歯磨き粉のように押し出され、そのまま近くにいたロナウドさんの耳に入ってしまった。スティーブンに戻ろうにも、意識を失っている人間の耳は、吸引力を完全になくしてしまうようで入り込むことができなかったのだった。

スティーブンはすぐに意識を取り戻し、そのままホテルに帰ろうとしたのだが、ロナウドさんが派手に騒いで救急車を呼ぶよう会社の人間に指示し、スティーブンはストレッチャーに乗せられ、病院へと運ばれていった。私は、運ばれていくスティーブンに追いつこうと必死でもがいたのだが、体の俊敏さは享年の七十二歳時のものにとどまってしまう様子なのと、ロナウドさんの耳の吸引力がものすごかったこともあって、スティーブンが救急車に乗せられていくのを為す術もなく見送るのにとどまった。

それで私はロナウドさんとブラジルに帰ることになった。飛行機に乗る前、金持ちのロナウドさんは六本木のナイトクラブで美女を侍らせ、さんざん遊んだりもしていたので、どうして市岡さんがそんなに良かったのだろうと疑問に思ったのだが、妻にしたい女性と侍らせたい女性はまあ違うよな、という一般的な結論に達した。

そういういきさつで、私はブラジルに行くことになった。そのまま市岡さんに戻って、また海外からやってくる顧客の中でアラン諸島に近い人物を待つ、という手もあったのではと思うのだが、ロナウドさんに乗った状態で、市岡さんおよび海外戦略部の今後の訪問客スケジュールを確認したところ、クアラルンプール、ウラジオストク、ムンバイ、北京、ウランバートルなどと、なかなかアラン諸島に近そうな所からやってくる人物がおらず、なかば自暴自棄の状態で私はロナウドさんに留まることにした。

ブラジルは、遠さではアラン諸島と同じぐらいかそれ以上なんじゃないか、と私は曖昧な世界地図を頭の中で思い浮かべながら、自分の判断は正しいと自分に言い聞かせつつ、ロナウドさんについていった。ロナウドさんは、客室乗務員の女性にも色目を使い使われで、私は、こんな人生もあるのだなあ、と感慨に耽りながら、ブラジルへと運ばれていった。

浮遊霊は、外国人に憑りついたからといって、相手の言葉がわかるようになるというわけではないようで、私はブラジルで、まったく言葉はわからないが、何が必要というわけでもないので特に不自由もしない、という不思議な日々を送った。

リオデジャネイロの高級マンションに住むロナウドさんの生活は、基本仕事と女性の二本柱で成り立っており、享年七十二歳でいろいろ枯れかかっていた私には刺激が強すぎるような気がしたので、適宜ドアマンのダニーロさんやハウスキーパーのシルビアさんに乗り換えながら、ブラジルでの時間を過ごしていた。

ロナウドさんは、精力的に仕事をこなし女性にもてる気持ちの良い男性だし、ダニーロさんが目撃する高級マンションの人間模様はそこそこおもしろかったし、シルビアさんと三人の子供たちの生活には、そんなに余裕はないけれども心温まるものがあった。シルビアさんには、兄、弟、妹という子供たちのほかに、病気の夫がいて、ロナウドさんのフロアの真下の階の家と、その更に下の家にも働きに行っていたが、ときどきロナウドさんがチップをはずんでいるのを見かけると、市岡さんはもしかして、仲井さんの息子さんよりこの人の方が良かったんじゃないか、と思うこともあった。

などとほんわかした気分になっている場合ではないだろう、と私は週に一回ぐらいはっとする。やけになってブラジルまで来てしまったことで、私は成仏から更に遠のいてしまったように感じる。日本では、憑りついた相手やその人が話している相手の言葉がもちろんわかるし、何が起こっているのか、表面的な部分についてはすべて把握できていたのだが、こちらでは言葉がまったくわからないため、物事の認識がどんどんあいまいになっていって、私自身が小さくなってゆくような気がした。日本にいた時は、幽霊である、という確固たる認識があったのだが、こちらではなんだか、自分が小バエのような生き物になって、ロナウドさんとダニーロさんとシルビアさんの周囲をうろうろさまよっているだけのように思えてしまうのである。人間の幽霊であるにもかかわらず。自分を小バエっぽく感じるのと、幽霊だと思っているのでは、個人的には後者の方が据わりが良かった。

ブラジルがいやだというわけではない。まったく知らない文化を持つ土地だし、楽しいことも興味深いこともよくある。ダニーロさんやシルビアさん以外の乗り換え先も増やして楽しんでも良いのかもしれない。ロナウドさんの彼女の一人であったりとか。しかし、そうやってぼんやりと人々の生活を見物して過ごしていても、フキ江の元へ行くことは遠のくばかりのようで、私は漠然とした不安を感じ始めていた。私は、なんとしてでもアラン諸島に行かなければ、あの世へ行くことはできないのだ、ということに気付いたのは、だいたいこの頃だった。ロナウドさんを始め、周囲の人々にアラン諸島へ向かう気配はまったくなく、私は途方に暮れて日々を過ごすようになっていた。

とはいえリオデジャネイロで今年五輪が開催されることは、運のいいことであると言えた。ロナウドさんがお金持ちで、ブラジル人の選手の支援をしているということも、良い方向へ働くように思えた。ロナウドさん自身は、基本的にサッカーが好きで、毎週のようにスタジアムのいい席で、隣に美女を従えて試合を見物していたが、何人かの陸上競技の選手のスポンサーをしており、全員が五輪に出るということはかなわなかったが、そのうちの先住民族出身のマテウス君は、やり投のブラジル代表選手に選ばれた。日本で言うと壮行会のようなパーティーで、ロナウドさんに肩を抱かれて激励の言葉を浴びせられながら、ずっとどこか浮かない顔をしているマテウス君の大きな耳を眺めながら、これはチャンスなのではないか、と私は思った。選手は選手村に行く。そこには世界各国からやってきた選手たちがいる。そこでアイルランド代表の選手を探し出して乗り換えれば、私はいずれ近いうちにアラン諸島に行けるのではないか？　そういうわけで、私はロナウドさんからマテウス君に乗り換えることにした。

マテウス君がいつも浮かない顔をしている理由は、すぐにわかった。同じやり投の女子選手と付き合っていたのだが、彼女がコーチらしき男と二股をかけていたことが発覚して、別れたばかりだったのだ。マテウス君が一時間に一度、携帯電話の彼女の画像と、彼女がナショナルジャージを着たおじさんに肩を抱かれているところの画像を、最低十サイクル交互に見ているところからそう推察した。おじさんが彼女のお父さんだったりしたら申し訳ない。しかし、お父さんだったらそんなに何度も眺めてため息をついたりしないだろうし、練習場で彼女を待ち伏せするかのようにガレージでうろうろして、しかし結局彼女が姿を現すと別の車の陰に隠れてしまう、というようなことはなかっただろう。

五輪の前にそれでいいのだろうかマテウス君、と私は心配になったのだが、私だって他人の心配をしてる場合ではなく、ここは非情にならなければならない、と心を鬼にして、マテウス君が自分と同じ競技に出る選手のリストのようなものを見る度に「ＩＲＬ」の三文字と、緑と白とオレンジの三色の国旗を探した。

マテウス君は、ほとんど自分のライバルがどこから来るのかについては気にしない人のようで、なかなか選手のリストや掲示板を私がじっくり検分できるほどには確認しなかったのだが、マテウス君が競技の予選に挑む前日に、「ＩＲＬ」のやり投選手が試合に参加することを知った。名前は、パトリック・オコンネルという。マテウス君の二人あとにやりを投げる選手だった。パトリック。待っているぞパトリック。私は、マテウス君とパトリックがニアミスをする機会を、マテウス君の耳の中で息を潜めて待つことになった。

マテウス君は予選をぎりぎり通過し、そして五輪でパトリックの名前が呼ばれることはなかった。私は、なぜだ、なぜだ、と焦ってマテウス君の視点から選手らしき人物を片っ端から血眼になって確認したのだが、そもそも私がパトリックの顔を知っているわけもなく、五輪の予選は終わっていった。やり投に参加する「ＩＲＬ」の選手はパトリック・オコンネル一人だけで、そこで私はなすすべを失った。マテウス君は、やり投の選手にもあまり興味がないが、ほかの競技の選手にはもっと興味がないようで、予選を通過してめでたいにもかかわらず、別れた彼女の画像を見てはため息をついていた。ある意味、失恋して力を失っている状態で、五輪の予選を通過するとはとんでもない実力者なのかもしれない。

しかし、そんなマテウス君の事情はどうでもいい。私は、マテウス君がほかの競技の選手とすれ違うたびに、彼らの着ている服の腕や胸元にあしらわれている国旗や国名に目を凝らしたのだが、「ＩＲＬ」の選手はまったく見当たらなかった。

マテウス君の周囲を過ぎてゆく無数の国名を確認し続けることにも疲れ果て、私はもうこのままブラジルに留まり続けるしかないのだろうか、と思いかけていた時に、彼女は現れた。

知り合いがほとんどいないマテウス君が、一人で夜に選手村の庭を散歩していたときのことだ。誰かの笑い声が少し離れたところから聞こえてくる中、マテウス君は一人ベンチに腰掛け、またあの携帯に入っている前の恋人の画像を眺めていた。何度もそれを消そうとしているのだが、どうしてもそれができないようだ。コーチと二人でいる画像は削除したのだが、二股に罪はあっても彼女自身に罪はないというところか。ベンチに浅く腰掛けたマテウス君が、腿に肘を置いて両手で持った携帯を睨み付けていたところ、携帯で話しながらさらに近付いてきた笑い声の主と思われる赤毛の女性が、酔っているのかマテウス君の腕に軽くぶつかり、マテウス君の携帯は地面に落ちてしまった。マテウス君はあわてて携帯を拾い上げたが、彼女がぶつかってきた拍子に、マテウス君の指は画面に出したボタンにふれてしまったようで、前の恋人の画像は消えてしまった。

　赤毛の女性は、さっと真顔に戻り、申し訳ない、といった様子で身振り手振りを交えながら、マテウス君の携帯を確かめようとするのだが、マテウス君は首を振って、携帯をポケットにしまった。女性は、ごめんなさいというようなことを言って、自分の財布か何か探そうとするのだが、どうも持っていないらしく、肩をすくめて、「本当にごめんなさい」というようなことを英語で言った。

　赤毛の、背の高い女性だった。マテウス君は、やり投の選手としては小柄で、身長は一七〇センチだったのだが、彼女はそれより少し高かった。着ているTシャツの胸元には「IRL」の文字があった。

　本当に行動を起こさなければならない時はただ呆然としていて、うまくこなせたりはしないものである。諦めかけていた「IRL」が向こうからやってきて、この人だ、とマテウス君の耳から飛び出そうとしたときには、彼女はもう行ってしまった後だった。ノリーン・マーティン、とマテウス君はつぶやいて、いつまでもその背中を見送っていた。首から身分証のようなものをぶら下げていたのだ。そしてそのまま部屋に帰り、眠れない様子で何度も寝返りを打ったり用を足しに行った後、携帯を出して、うろ覚えのつづりで彼女の名前を検索し始めた。

ノリーン・マーティンは、マテウス君と同じやり投げ選手で、やはり予選通過しており、明日が決勝だった。私が、ずっと覚醒していることに疲れて、幽霊としての目を閉じてぼんやりしている間も、マテウス君はしばらくノリーン・マーティンについて調べものをしていた。

マテウス君は、一人でノリーンの試合を見に行った。ノリーンは九位で、メダルには届かなかったのだが、入賞まであと一歩だったせいか晴れ晴れとした顔をしていて、特に報道陣に囲まれるということもなく、スタジアムを後にした。マテウス君は、おーいというようなことを帰っていくノリーンに呼びかけながら、客席から大きく手を振った。ノリーンはそれに気付いて、笑顔で手を振り返した。私は、マテウス君の耳から這い出て、何とかスタジアムに漂っていこうとしたのだが、若いノリーンはあまりに動きがきびきびとしていて、私が追いつこうにもすでに人混みにまぎれた後だった。

ノリーンとは、選手村でもう一度会った。決勝を前に、少し調子を落として予選ほどは遠くにやりを投げられなくなっていたマテウス君が、選手村を散歩していたところ、ふくらんだボストンバッグを肩から下げたノリーンが、声を上げて遠くから手を振ったのだった。私は、走り寄れ、近くへ行くんだマテウス君！　と力一杯話しかけたものの、マテウス君はぼんやりとその場に突っ立ったままだった。

さようなら、また会いましょう！　とノリーンは英語で言った。マテウス君は果たして理解していたのだろうか。いやそのぐらいはわかるだろうか。

マテウス君が部屋に帰ると、ドアの下にメモのようなものが挟まっていた。

「男子の選手のお友達に頼んで、これを残させてもらいました。あなたの携帯のことごめんなさい。そして決勝を見たかったのだけれど、もう行かないといけなくて。家に帰って録画で観ることにします。あなたの予選は観ました。あなたの静かでのびやかなフォームから、私はたくさん学びました。またいつか会いましょう。ノリーン・マーティン」

マテウス君に気を使っているのか、私にでもわかる簡単な英語でそう書いてあった。

その後マテウス君がメモの内容を理解したのかについては、私はわからない。

マテウス君は、コーチに何度かそのメモを見せようとしてやめた後、大事に財布にしまい、そのことはすっぱり忘れた様子で、最後の練習に励んだ。少し落ちていた調子は、いつの間にか戻っていた。

マテウス君は、自己ベストで五位に入賞した。メダルはもらえなかったが、マテウス君との付き合いが短い私の知る限りでは、もっとも上の順位だった。

マテウス君は、スポンサーのロナウドさんなどからそれなりに盛大なお祝いを受け、そのどれもに照れ笑いで応じた後、いったん実家に帰った。そして財布からノリーンのメモを取り出し、携帯で意味を調べながら、自分で文面を翻訳していった。ノリーンについてもたまに検索していた。私は、そんな情熱があるのなら、彼女がブラジルにいるうちにもっと強引にでも近付いておけよ、と思って、だいたい目をつむっていた。

あと、彼が観ていたインターネットのニュースで、パトリック・オコンネルは盲腸炎が理由で五輪を欠場したことを知った。つるつるに頭を剃り上げ、眉毛も剃り落としたパトリック・オコンネルが、「東京では見ていろ」とこちらを睨み付けている写真はひたすら怖かった。


ノリーンに乗り換えられることがベストではあったが、それが叶わず、もうこうなったらマテウス君が次の東京五輪を目指すのに付き合って、四年後に日本に帰ろうかな、陸上のリーグにも参加しているから、行くだけなら世界の各地にも行けるし、と思いかけていたところ、マテウス君はコーチに頼んで休暇をもらって、のそのそと旅行の準備を始めた。

ロンドン行きの航空券を持っていたので、イギリスに遊びに行くのか、と思っていたら、空の旅が終わった後、マテウス君はガイドブックとにらめっこをしつつ、フェリー乗り場へとたどり着いた。船体にはクローバーの絵が描いてあって、一目でそれがアイルランドに行くものであることが了解できた。飛行機でも船でも、マテウス君はずっと英語の学習参考書のようなものを眺めていたのだが、頭に入っていたかどうかはわからない。

船旅の後、ダブリンで一泊して、マテウス君はさらに電車に乗り、アイルランドを横断した。アイルランドは小さな島で、二時間半もあったら端から端までたどり着けるようだった。そしてやってきた街で、マテウス君はさらに船に乗った。船のチケットには、「INISHMORE」と行き先が書かれていた。

そうだ、もうここまで来たら、私の意識も薄らぐことが多くなっていた。実のところ私は、マテウス君の行動の表面を把握することが精一杯で、どちらかというとフキ江と過ごした日々について思い出すことが多くなっていた。今起こっていることに執着せず、ただ生きてきた時間の中に溶けていくのは、なんて心地よいことなんだろう、と思いながら、私はマテウス君の目を通して、島が近付いてくるのを眺めていた。

またいつか会いましょう、という言葉につかまるようにしてアラン諸島までやってきたマテウス君を、ノリーンはどう思うだろうか。どうか不気味がったり、さげすんだりしないでほしい。あなたがくれたきっかけで、とにかくマテウス君は不実な前の恋人を忘れ、五輪という重要な舞台において自分のベストの成績を収めることができた。そのおかげで、次の五輪を目指す自信もついた。マテウス君はそんなに多くを望んではいない。ただ、競技会じゃない初めての旅行がしたかったのだ。それであなたにお礼が言いたいと思いついた。

船が港に着き、マテウス君はタラップを降りていった。マテウス君がイニシュモアの地面を踏んだ瞬間、私は自分がこの世から消えたことを知った。フキ江の元へ行けることを知った。

解説

戌井昭人

日常には不気味でヘンテコなことがたくさん潜んでいる。それにも増して人間自体がどうにもこうにも不可解な生き物だ。男も女も他人のことはよくわからない、さらに自分自身のことなんてもっとわからない。

不可解な人間が日常のヘンテコな出来事に対峙したときは、己も不可解な存在のくせに、不安になったり、悩んだり、苦しくなったりする。そして、事態を解決しようとして、いろいろ試みるのだが、結局のところ、どうにもならないので、「まあ、仕方がないか」と、それらをうっちゃって過ごしていく。だから世の中にはヘンテコで不可解な塊が解決されないまま、浮遊霊のようにぷかぷか浮かんでいる。地球は、それらを抱え込んだまま、ぐるぐるまわっているから大変だ。

このような不可解の浮遊霊がいたるところに浮かんでいる七つの物語が本書には収められている。しかし不可解だからといって、不愉快になるとか不快になることはない。なぜなら津村さんの独特なユーモアがあるから大丈夫なりだ。不可解であればあるほど楽しく思えてくる。

川端康成文学賞を受賞された『給水塔と亀』は、ひとり者の中年男が、子供のころに住んでいた町に引っ越してくる。そこで新しく購入した自転車に乗ってうろうろする。自分も同じような経験があって、勝手にパトロールと称し、自転車でうろうろすることがあるので、主人公に親近感をおぼえてしまった。わたしの場合は、多摩川沿いの道をくだって川崎まで行き、立ち食い蕎麦を食べて、競馬場に寄ったりする。一度、羽田空港の到着ロビーまで自転車で行ってしまい、うろうろしていたら私服警官に取り囲まれたことがある。このように、おっさんの不可解な行動は、すぐ、不審者と直結してしまうから、注意しなくてはならない。自転車で地元に戻ってきたら、風呂屋に行く。大きな湯船に浸かれば、そこは極楽なのだった。主人公の男は自転車に乗るとビールを飲みたくなる。この気持ちもよくわかる、なにしろ体を動かした後のビールは最高に美味しい。男は引越し先の管理人から、以前、その部屋に住んでいた人が飼っていた亀をもらう。その亀を眺めながら、ビールを飲んで水茄子を齧る場面は、とても清々しい。

なんだか無為に過ごしているような主人公であるけれど、そんなことはない、本文には次のような箇所がある。『いつまでも気楽でいたいと思っていたわけではない。けれど、いろいろなことの間が悪くて、私も積極的になれなかった。後悔はしている。人間が家族や子供を必要とするのは、義務がなければあまりに人生を長く平たく感じるからだ。その単純さにやがて耐えられなくなるからだ。』、読んでいて、わたしは「ううう、ヤバイ」となってしまった。身につまされる気がした。しかし改行されて次の文では、「というような考えは、引越し業者の到着とともに雲散霧消してしまった。」とあった。「へへへ、まあいいか」と思えてきた。

それにしても、津村さんは、おっさんの駄目な気持ちをよくわかっている。どうしてなのだろう？　津村さんとお会いしたことがあるけれど、彼女がおっさんっぽかったというわけではない。でも、おっさんが主人公の話が抜群に面白いのだ。わたしも含め、おっさんというものは、堕落した生活や日常から逸脱したことをしても、いざ人に話したり、文章に書いたりすると、意外に格好つけたりもする。だから、おっさんではない津村さんのようには書けないのだ。では、どうして津村さんは、このようにおっさんのことを書けるのだろう？　おっさんの行動を観察するのが趣味なのだろうか？　などと考えてしまう。とにかく津村さんが書くと、おっさんのだらしない機微や本音がボロボロ出てくる気がする。表題作『浮遊霊ブラジル』も、おっさんが主人公だ、そして彼のどうしようもない気持ちが、ビシビシ前面に出てくる。

生まれて初めての海外旅行でアイルランドに行くのを楽しみにしていた七二歳の主人公は、旅行へ行く前、心不全で死んでしまう。彼は五年前に妻に先立たれていて、死んだら自分も妻のもとへ行くものだと思っていたが、幽霊になって現世にとどまることになってしまった。つまり主人公は幽霊なのだ。でも、おっさんだ。さらに残念なことに、死んでも俗的だった。いや死んでいるからこそ、おっさんの俗っぽさが強調され、そこが最高に興味深い。なんだか死人のことを面白がって良いものかと思いつつ、何度も笑ってしまった。

彼は、幽霊になったけれど、現世にとどまっているのだから、旅行に行けるかもしれないと思い、電車に乗ろうとする。しかし、乗り物などの機械類はすべて体をすり抜けてしまった。せっかく交通費が無料になると思ったのに、それも叶わず、幽霊になったものの、生前、徒歩で行けるような範囲しか浮遊できない。そこで気晴らしに女風呂を覗きに行くことにする。この考えが、まさしくおっさんなのだが、二、三回行ってみたものの、銭湯には若い女性がいなくて、自分と同い年か婆さんばかりだった。極端にいってしまえば、男なんて女風呂を覗きたいだけの生き物なのだ。

話は少しそれますが、以前、毒蝮三太夫が各地に行き、その場から放送をする「ミュージックプレゼント」というラジオ番組を聴いていた。そのときは毒蝮さんが銭湯から放送をする回で、銭湯の娘さんに、「最近は番台がなくなっちまったから、男の裸が見れねぇよな」というようなことを言った。すると娘さんは「そうですね」と答えたものの、別にそんなのどうでもいいけど、といった感じの答えっぷりだった。そこでわたしは思ったのです。もしかすると女性は、男風呂よりも女風呂を覗きたい生き物なのではないかと、そして、「あの人、あんな裸体だったよ」などと思ったりするのではないか？　しかし、本当にそうしたければ、普通に女風呂に入れば良いわけで、なんだか、よくわからなくなってきたけれど、とにかく女性は男風呂を覗きたいなんて思わないのだろう。しかし男は違うのだ。男ならば誰しも、透明人間(ここでは幽霊であるが)になったら、女風呂を覗きに行きたい、ということを絶対に考えたことがあるはずだ。男は、心のどこかに必ず出歯亀的な要素をもっている。

話は戻ります。本書の主人公は、銭湯を覗いたときに、若い女性がいないと嘆いていたが、わたしは初見で読んだとき、銭湯が駄目ならば、健康ランドとか、スパとかに行けばいいじゃないかと思った。なんせ、この主人公には、すべての男の希望が託されているのだ。幽霊でも俗的で良いじゃないか、死んでりゃ犯罪にもならないし、法律なんて関係ない、とにかく死人に罪はない。わたしは「銭湯じゃないんだよ」と、もどかしい気持ちで読み進めていた。すると男は気づいた、「わかった、スーパー銭湯に行けばいいんだ!」と、さらに、それを言葉に出して言ってしまったところをみると、相当なひらめきだったのだろう。すると、その言葉に反応して、近くにいた男の耳の中に吸い込まれ同一化してしまう。なんと「スーパー銭湯に行けばいいんだ」という言葉は、他人の中に入る呪文のような言葉であった。

主人公は、人の中に入ると、その人の目線で世界を見ることになる。つまり人間という乗り物に乗って、他人の生活を覗きっぱなしの状態になる。これはこれで面白い。以降「スーパー銭湯に行けばいいんだ」という言葉を発するたびに、他の人に乗り換えていく、それから、いろいろあって、ブラジル人の体に入り、リオに渡り、オリンピックまで経験して、あれやこれやで、生前希望していたアイルランドに向かうことになる。

以前、知り合いのおじさんが、「死後の世界はどうなってるの？」と唐突に質問したことがあった、するともう一人のおっさんが「三秒くらいじゃねえの」と言った。そのとき、わたしも、死後の世界は三秒くらいで良いと思った。しかし、この物語を読んでからは、死んだら浮遊して一年くらい旅をしたいと思うようになった。わたしは、スーパー銭湯に行くだろう。ラブホテルにも行くだろうし、温泉にも行くだろう。浮遊霊出歯亀になってしまうだろう。でも死んでいるので、どうかご勘弁願いたい。

ところで、死んでからの兇状によっても、地獄に落ちるのだろうか？　本書には『地獄』という短編もある。しかし津村さんの描く地獄だから、普通に想像する地獄とは違う。そこは現実をスライドさせたような地獄で、鬼も鼻毛が出ていたりする。もし死んでからの覗きがバレたら、わたしは覗き地獄に連行されるだろう。小さな穴から、永遠になにかを覗くことになるかもしれない。

『うどん屋のジェンダー、またはコルネさん』は、おっさんと対峙する女性の話だ。うどん屋の主人は、自分の出すうどんに、こだわりを持っている風だが、実は、ただのスタイルなのかもしれない。とにかく、自分のスタイルを前面に出してくるおっさんは鬱陶しい。それが、うどんを食べに来た女性に向けられる。怒りが沸点に達した女性がキレる場面は、わたしも、スカッとしてしまった。それでいて男と女の性差を変に強調することなく、さらりと書かれているのが魅力だ。これは、男や女、世の中の不可解を許容して、ユーモアにしてしまう心の大きさが津村さんにあるからこそ書けるのだと思う。『運命』と『個性』は、日常がスライドして、不可解なズレが生じ、読んでいるとヘンテコなトリップ感を体験できる。それぞれの物語は、奇妙だが、日常がしっかりあるのが面白く、そこから真実のようなものが見え隠れする。

このように、おっさんや幽霊など、ちょっと変わった人が登場する物語の中で、女の怖さというか、したたかさが描かれているのが、『アイトール・ベラスコの新しい妻』だった。小学生のころ鈍臭くていじめられていた女子と、クラスの中心にいた意地の悪い女子、いじめられていた娘は成長して、アルゼンチンで脚本家になり、さらに女優になり、そしてサッカー選手と結婚することになる。紆余曲折あったものの、結果、人生を謳歌している。一方で、いじめていた側は家族の問題を抱えている。ザマアミロとまでは思わなかったが、不本意な結果は己で招いたものである。人間は生きているだけで業が深いのだ。

幸せもあれば不幸もある、地獄もあれば天国もある、生きている人もいれば死んでいる人もいる、男風呂があって女風呂がある。これらをひっくるめて、すべて地続きのような本書を読んでいると、まるで珍妙な日常を覗いていた幽霊が書いたのではないかと思えてくる。でも、津村さんが幽霊だというわけではありません。さらに、おっさんでもありません。
　津村さんとお会いしたのは結構前なのですが、そのときミュージシャンの、ジュディ・シルの話をしました。考えてみれば、ジュディ・シルも幽霊みたいだから、津村さんの作品に出てきてもおかしくないと思えてきました。津村さんが書いた、ジュディ・シル物語を是非読んでみたい。あの人もいろいろ大変だったようですが、津村さんの手にかかれば、彼女の悲惨な人生も報われるのではないかと勝手な提案をさせていただきます。

（劇作家、小説家）

初出一覧

給水塔と亀　「文學界」二〇一二年三月号
うどん屋のジェンダー、またはコルネさん　「文學界」二〇一〇年二月号
アイトール・ベラスコの新しい妻　「新潮」二〇一三年一月号
地獄　「文學界」二〇一四年二月号
運命　「新潮」二〇一四年六月号
個性　「すばる」二〇一四年九月号
浮遊霊ブラジル　「文學界」二〇一六年六月号

単行本　二〇一六年十月　文藝春秋刊

文春文庫

浮《ふ》遊《ゆう》霊《れい》ブラジル

定価はカバーに
表示してあります

2020年1月10日　第1刷

著　者　津《つ》村《むら》記《き》久《く》子《こ》

発行者　花田朋子

発行所　株式会社　文藝春秋

東京都千代田区紀尾井町 3-23　〒102-8008
TEL　03・3265・1211㈹
文藝春秋ホームページ　http://www.bunshun.co.jp

落丁、乱丁本は、お手数ですが小社製作部宛お送り下さい。送料小社負担でお取替致します。

印刷・大日本印刷　製本・加藤製本

Printed in Japan
ISBN978-4-16-791421-9

（　）内は解説者。品切の節はご容赦下さい。

紅梅
津村節子
癌が転移し、自らの死を強く意識する夫――吉村昭の一年半にわたる闘病と死を、妻と作家両方の目から見つめ、全身全霊で純文学に昇華させた衝撃作。菊池寛賞受賞作。（最相葉月）
つ-3-14

永遠者
辻 仁成
19世紀末パリ、若き日本人外交官コウヤは踊り子カミーユと激しい恋に落ちる。〈儀式〉を経て永遠の命を手にいれた二人は激動の歴史の渦に呑み込まれていく。渾身の長篇。（野崎 歓）
つ-12-7

婚礼、葬礼、その他
津村記久子
友人の結婚式に出席中、上司の親の通夜に呼び出されたOLヨシノのてんやわんやな一日を描く表題作と「冷たい十字路」を収録。いま乗りに乗る芥川賞作家の傑作中篇集。（陣野俊史）
つ-21-1

エヴリシング・フロウズ
津村記久子
ヒロシは、背は低め、勉強は苦手。唯一の取り柄の絵を描くことも最近は情熱を失っている。それでも友人たちのため「事件」に立ち向かう。少年の一年を描く傑作青春小説。（石川忠司）
つ-21-2

悼む人（上下）
天童荒太
全国を放浪し、死者を悼む旅を続ける坂築静人。彼を巡り、夫を殺した女、人間不信の雑誌記者、末期癌の母らのドラマが繰り広げられる。第百四十回直木賞受賞作。（書評・重松 清ほか）
て-7-2

衆 1968夏
堂場瞬一
1968年、機動隊との衝突の最中、一人の高校生が命を落とした。数十年ぶりに地方都市に戻った事件の真相を探求する大学教授がそこで見出したものは？ 骨太の人間ドラマ。（香山二三郎）
と-24-9

岬
中上健次
郷里・紀州を舞台に、逃れがたい血のしがらみに閉じ込められた一人の青年の、癒せぬ渇望、愛と憎しみを鮮烈な文体で描いた芥川賞受賞作のほか「黄金比の朝」「火宅」「浄徳寺ツアー」収録。
な-4-1

（　）内は解説者。品切の節はご容赦下さい。

色川武大
離婚
納得ずくで離婚したのに、なぜか元女房のアパートに住み着いてしまって。男と女の不思議な愛と倦怠の世界を、味わい深い筆致とほろ苦いユーモアで描く第79回直木賞受賞作。（尾崎秀樹）
い-9-7

伊集院　静
浅草のおんな
三社祭、ほおずき市、隅田川……。女将の料理と人柄に惚れた常連客でにぎわう浅草の小料理屋「志万田」を舞台に、揺れ動く女心と人々の悲喜交々を細やかな筆致で描く。（道尾秀介）
い-26-20

石田衣良
うつくしい子ども
九歳の少女が殺された。犯人は僕の弟！　なぜ、殺したんだろう。十三歳の弟の心の深部と真実を求め、兄は調査を始める。少年の孤独な闘いと成長を描く感動のミステリー。（村上貴史）
い-47-2

絲山秋子
沖で待つ
同期入社の太っちゃんが死んだ。私は約束を果たすべく、彼の部屋にしのびこむ。恋愛ではない男女の友情と信頼を描く芥川賞受賞の表題作。「勤労感謝の日」ほか一篇を併録。（夏川けい子）
い-62-2

絲山秋子
離陸
矢木沢ダムに出向中の佐藤弘の元へ見知らぬ黒人が訪れる。「女優の行方を探してほしい」。昔の恋人を追って弘の運命は意外な方向へ——。静かな祈りに満ちた傑作長編。（池澤夏樹）
い-62-3

磯﨑憲一郎
往古来今
母親との思い出から三十年前の京都旅行、『吾妻鏡』の領主から郵便配達人まで——空間と時間の限りない広がりを自在に往来する五篇。新境地に挑んだ泉鏡花文学賞受賞作。（金井美恵子）
い-94-1

戌井昭人
俳優・亀岡拓次
亀岡拓次37歳、独身。職業・脇役俳優。趣味、一人酒。行く先々のうらぶれた酒場で、二日酔いの撮影現場で、亀岡は今日も奇跡を呼ぶ。川端賞作家のとびきりキュートな小説集。（山﨑　努）
い-97-1

（　）内は解説者。品切の節はご容赦下さい。

内田春菊
ファザーファッカー
十五歳のとき、私は娼婦だったのだ。売春宿のおかみは私の実母で、ただ一人の客は私の育ての父……養父との関係に苦しむ少女の怒りと哀しみと性を淡々と綴る自伝的小説。（斎藤　学）
う-6-16

江國香織
赤い長靴
二人なのに一人ぼっち。江國マジックが描き尽くす結婚という不思議な風景。何かが起こる予感をはらみつつ、怖いほど美しい十四の物語が展開する。絶品の連作短篇小説集。（青木淳悟）
え-10-1

江國香織・小川洋子・川上弘美・桐野夏生
小池真理子・髙樹のぶ子・髙村　薫・林　真理子
甘い罠
8つの短篇小説集
江國香織、小川洋子、川上弘美、桐野夏生、小池真理子、髙樹のぶ子、髙村薫、林真理子という当代一の作家たちの逸品だけを収めたアンソロジー。とてつもなく甘美で、けっこう怖い。
え-10-2

円城　塔
オブ・ザ・ベースボール
一年に一度、空から人が降ってくる町ファウルズでユニフォームとバットを手にレスキュー・チームの一員となった男。芥川賞作家のデビュー作となった文學界新人賞受賞作。（沼野充義）
え-12-1

円城　塔
プロローグ
わたしは次第に存在していく――語り手と登場人物が話し合い、名前が決められ世界が作られ、プログラムに沿って物語が始まる。知的なたくらみに満ちた著者初の「私小説」。（佐々木　敦）
え-12-2

小川洋子
妊娠カレンダー
姉が出産する病院は、神秘的な器具に満ちた不思議の国……妊娠をきっかけにゆらぐ現実を描く芥川賞受賞作。「妊娠カレンダー」『ドミトリイ』『夕暮れの給食室と雨のプール』。（松村栄子）
お-17-1

小川洋子
やさしい訴え
夫から逃れ、山あいの別荘に隠れ住む「わたし」とチェンバロ作りの男、その女弟子。心地よく、ときに残酷な三人の物語の行き着く先は？　揺らぐ心を描いた傑作小説。（青柳いづみこ）
お-17-2

（　）内は解説者。品切の節はご容赦下さい。

中里恒子
時雨の記
知人の華燭の典で偶然にも再会した熟年の実業家と、夫と死別し一人けなげに生きる女性との、至純の愛を描く不朽の名作。中里恒子の作家案内と年譜を加えた新装決定版。（古屋健三）
な-5-4

南木佳士
阿弥陀堂だより
作家として自信を失くした夫と、医師としての方向を見失った妻は、信州の山里に移り住む。そこで出会ったのは、「阿弥陀堂」に暮らす老婆と難病とたたかう娘だった。（小泉堯史）
な-26-7

南木佳士
草すべり その他の短篇
同級生だった女性と再会し、二人で登った浅間山での一日。青春の輝きに満ちていた彼女。過ぎゆく時のいとおしさが身の内を吹きぬける山歩き短篇集。泉鏡花文学賞受賞作。（重松　清）
な-26-18

南木佳士
陽子の一日
医師は悪党たれ――還暦を迎えた女医・陽子のもとに届いた元同僚医師・黒田の一風変わった「病歴要約」に込められた真意とは？　ある春の一日に起きた出来事に人生の機微が滲む傑作。
な-26-22

夏目漱石
こころ 坊っちゃん
青春を爽快に描く「坊っちゃん」、知識人の心の葛藤を真摯に描く「こころ」。日本文学の永遠の名作を一冊に収めた漱石文庫。読みやすい大きな活字、詳しい年譜、注釈、作家案内。（江藤　淳）
な-31-1

夏目漱石
それから 門
近代知識人の一典型である長井代助を通じて、エゴイズムと社会の相克を描いた『それから』。罪を負った代助の〃後日の姿〃を冷徹に見つめた『門』。代表作二篇を収める。（江藤　淳）
な-31-2

夏目漱石
吾輩は猫である
苦沙弥、迷亭、寒月ら、太平の逸民たちの珍妙なやりとりを、猫の視点から描いた漱石の処女小説。滑稽かつ饒舌な文体と痛烈な文明批評で日本中の話題をさらった永遠の名作。（江藤　淳）
な-31-3

（　）内は解説者。品切の節はご容赦下さい。

鉱石倶楽部
長野まゆみ

「葡萄狩り」「天体観測」「寝台特急」「卵の箱」――石から生まれた美しい物語たちが幻想的な世界へ読者を誘う。ファンタジー短篇「ゾロ博士の鉱物図鑑」収録。著者秘蔵の鉱石写真も多数掲載。

な-44-2

フランダースの帽子
長野まゆみ

ポンペイの遺跡、猫めいた老婦人、白い紙の舟、姉妹がついたウソ、不在の人物の輪郭――何が本当で何が虚偽なのか。消えゆく記憶の彼方から浮かび上がる、六つの物語。　（東　直子）

な-44-6

猛スピードで母は
長嶋　有

母は結婚をほのめかしアクセルを思い切り踏み込んだ。現実にクールに立ち向かう母の姿を小学生の皮膚感覚で綴った芥川賞受賞作。文學界新人賞「サイドカーに犬」も併録。　（井坂洋子）

な-47-1

問いのない答え
長嶋　有

震災の直後にネムオがツイッターで始めた言葉遊び。会ったことはないのにつながってゆく人々の日々を描き、穏やかに心を揺する傑作。静かなやさしさが円を描く長編。　（藤野可織）

な-47-5

ぼくらは海へ
那須正幹

船作りを思い立った少年たち。冒険への憧れが彼らを駆り立てる。さまざまな妨害と、衝撃のラスト。児童文学の巨匠・那須正幹が、かつて少年だったすべての大人に贈る物語。（あさのあつこ）

な-63-1

世界の果て
中村文則

部屋に戻ると、見知らぬ犬が死んでいた――。奇妙な状況におかれた、どこか「まともでない」人間たちを描く中村文則の初短編小説集。5編の収録作から、ほの暗い愉しみが溢れ出す。

な-69-1

惑いの森
中村文則

毎夜1時にバーに現われる男。植物になって生き直したいと願う青年。愛おしき人々のめくるめく毎日が連鎖していく。あなた自身も知らない心の深奥を照らす魔性の50ストーリーズ。

な-69-2

（　）内は解説者。品切の節はご容赦下さい。

中島　敦
李陵《りりよう》　山月記《さんげつき》
人生の孤独と絶望を中国古典に、あるいは南洋の夢に託した作家、中島敦。「光と風と夢」「山月記」「弟子」「李陵」「悟浄出世」「悟浄歎異」の傑作六篇と、注釈、作品解説、作家伝、年譜を収録。

な-70-1

中野量太
湯を沸かすほどの熱い愛
銭湯「幸の湯」の女将さん・双葉に余命宣告が。幸野家には双葉が亡くなる前に絶対に解決しておかなくてはならない秘密があった。話題の映画の、監督自身によるセルフ・ノベライズ。

な-74-1

新田次郎
山が見ていた
少年を轢き逃げしたあげく、自殺を思いたち、山に入ったところ、運命は意外な方向に展開する表題作のほか、「山靴」「危険な実験」など十四篇を収録した短篇集。　（武蔵野次郎）
に-1-28

新田次郎
劒岳〈点の記〉
日露戦争直後、前人未踏といわれた北アルプス、立山連峰の劒岳山頂に、三角点埋設の命を受けた測量官・柴崎芳太郎。幾多の困難を乗り越えて山頂に挑んだ苦戦の軌跡を描く山岳小説。

に-1-34

新田次郎
冬山の掟
冬山の峻厳さを描く表題作のほか、「地獄への滑降」「遭難者」「遺書」「霧迷い」など遭難を材にした全十編。山を前に表出する人間の本質を鋭く抉り出した山岳短編集。　（角幡唯介）
に-1-42

新田次郎
芙蓉の人
明治期、天気予報を正確にするには、富士山頂に観測所が必要だ、との信念に燃え厳冬の山頂にこもる野中到と、命がけで夫の後を追った妻・千代子の行動と心情を感動的に描く。

に-1-43

楡　周平
羅針
昭和37年。三等機関士の関本源蔵は妻子を陸地に残し、北洋漁業に出立した。航海の途中で大時化に襲われた源蔵が思い出したのは父のことだった。渾身の海洋小説。　（香山二三郎）
に-14-3

〔　〕内は解説者。品切の節はご容赦下さい。

西村賢太
小銭をかぞえる
金欠、愛憎、暴力。救いようもない最底辺男の壮絶な魂の彷徨は、悲惨を通り越し爆笑を誘う。表題作に「焼却炉行き赤ん坊」を加えた、無頼派作家による傑作私小説二篇を収録。（町田　康）
に-18-1

西村賢太
棺に跨がる
カッカレーから諍いとなり同棲相手の秋恵を負傷させた貫多。関係修復を図り、姑息な小細工を弄するが。惨めな最終破局までを描く連作私小説集。〈秋恵もの〉完結篇。（鴻巣友季子）
に-18-3

西村賢太
無銭横町
二十歳になった北町貫多は、その日も野良犬のように金策に奔走するが…。筆色冴えわたる六篇に、芥川賞選考会を前に藤澤清造の墓前にぬかずく名品「一日」を新併録。（伊藤雄和）
に-18-4

西川美和
ゆれる
吊り橋の上で何が起きたのか――映画界のみならず文壇でも注目を集める著者の小説処女作。女性の死をめぐる対照的な兄弟の相剋が、それぞれの視点から瑞々しく描かれる。（梯　久美子）
に-20-1

西川美和
永い言い訳
「愛するべき日々に愛することを怠ったことの、代償は小さくはない」。突然家族を失った者たちは、どのように人生を取り戻すのか。ひとを愛する「素晴らしさと歯がゆさ」を描く。（柴田元幸）
に-20-2

西　加奈子
円卓
三つ子の姉をもつ「こっこ」こと渦原琴子は、口が悪く偏屈で孤独に憧れる小学三年生。世間の価値観に立ち止まり悩み考え成長する姿をユーモラスに温かく描く感動作。（津村記久子）
に-22-1

西　加奈子
地下の鳩
暗い目をしたキャバレーの客引きの吉田と、夜の街に流れついた素人臭いチーママのみさを。大阪ミナミの夜を舞台に、情けなくも愛おしい二人の姿を描いた平成版「夫婦善哉」。
に-22-2

（　）内は解説者。品切の節はご容赦下さい。

貫井徳郎
新月譚
かつて一世を風靡し、突如、筆を折った女流作家・咲良怜花。彼女に何が起きたのか？　ある男との壮絶な恋愛関係が今語られる。恋愛の陶酔と地獄を描きつくす大作。（内田俊明）
ぬ-1-7

ねじめ正一
荒地の恋
五十三歳で親友の妻と恋に落ちたとき、詩人は言葉を生きはじめた――。田村隆一、北村太郎、鮎川信夫ら「荒地派」詩人の群像を描ききった傑作長篇小説。中央公論文芸賞受賞。（西川美和）
ね-1-4

ねじめ正一
長嶋少年
「僕はサードです。背番号はもちろん〈3〉です！」逆境にありながらも、ひたすら長嶋に憧れ、野球に打ち込む少年ノブオ。すべての野球少年に捧げる、渾身の成長物語。（又吉直樹）
ね-1-5

林　真理子
満ちたりぬ月
「私、やり直したい」。結婚生活が崩壊した絵美子は、仕事で成功している短大時代の友人・圭に頼るが。家庭とキャリア、女の幸せ、嫉妬という普遍が生き生きと描かれた傑作長編。

は-3-44

原田マハ
太陽の棘《とげ》
終戦後の沖縄。米軍の若き軍医・エドは、沖縄の画家たちが集団で暮らすニシムイ美術村を見つけ、美術を愛するもの同士として交流を深めるが…。実話をもとにした感動作。（佐藤　優）
は-40-2

平岩弓枝
鏨《たがね》師《し》
無銘の古刀に名匠の偽銘を切る鏨師と、それを見破る刀剣鑑定家。火花を散らす厳しい世界をしっとりと描いた直木賞受賞作「鏨師」のほか、芸の世界に材を得た初期短篇集。（伊東昌輝）
ひ-1-109

平岩弓枝
女の家庭
海外赴任を終えた夫と共に娘を連れて日本に戻った永子。姑と小姑との同居には想像を絶する気苦労が待っていた。忍従の日々の先にあるものは？　女の幸せとは何かを問う長篇。

ひ-1-124

文春文庫　最新刊

初午祝言《はつうましゅうげん》　新・居眠り磐音　佐伯泰英
磐音をめぐる人々の大切な一日。令和初の書き下ろし

終りなき夜に生れつく　恩田　陸
殺人者たちの凄絶な過去…『夜の底は柔らかな幻』番外編

怪盗 桐山の藤兵衛の正体　八州廻り桑山十兵衛　佐藤雅美
行方知れずの盗賊が再び動き始めた！　シリーズ最新刊

七丁目まで空が象色　似鳥　鶏
なぜ象は脱走したのか？　異色の動物園ミステリー第五弾

浮遊霊ブラジル　津村記久子
人に憑依して世界を巡る私。紫式部文学賞受賞の短編集

殺し屋、やってます。　石持浅海
「殺し一件、六五〇万円」の殺し屋が日常の謎を大胆推理

カブールの園　宮内悠介
カリフォルニアで働く日系三世女性の物語。三島賞受賞

サイレンス　秋吉理香子
婚約者と故郷の島を訪れた深雪。運命の歯車が狂い出す

番犬は庭を守る　岩井俊二
原発事故が多発する国…受難続きの青年の波乱万丈人生

美しい距離　山崎ナオコーラ
がん患者が最期まで社会人でいられるかを問う病院小説

世襲人事　高杉　良
生命保険会社に新風を吹き込む若き取締役を襲った悲劇

荒海《あらうみ》ノ津　居眠り磐音（二十二）決定版　佐伯泰英
博多を訪れた磐音は武芸者に囲まれた男女を助けるが…

万両《まんりょう》ノ雪　居眠り磐音（二十三）決定版　佐伯泰英
磐音不在の中、南町奉行所の笹塚は島抜けした賊を追う

孟夏の太陽〈新装版〉　宮城谷昌光
古代中国・晋で宰相を務めた趙一族の盛衰を描いた長編

運命の絵　中野京子
〝運命〟をキーワードに、名画に潜むドラマを読み解く

覗くモーテル 観察日誌　ゲイ・タリーズ　白石朗訳
屋根裏の覗き穴から宿泊客の性行為を観察した衝撃記録

風柳荘《ウィンディ・ウィローズ》のアン　第四巻　L・M・モンゴメリ　松本侑子訳
美しい島で校長となり婚約者に恋文を送る。初の全文訳